尔·施皮特勒著；杨

21.4（2025.7 重印）

… Ⅲ. ①史诗—瑞士—

字（2019）第 056170 号

诺贝尔文学奖作家作品

奥林匹斯的春天

AOLINPISI DE CHUNTIAN

［瑞士］卡尔·施皮特勒　著
杨海洲　译

*

北京出版集团 出版
北京出版社
（北京北三环中路 6 号）
邮政编码：100120

网　址：www. bph. com. cn
北京出版集团总发行
新华书店经销
三河市天润建兴印务有限公司印刷

*

140 毫米 × 202 毫米　32 开本　8.375 印张　194 千字
2021 年 4 月第 1 版　2025 年 7 月第 3 次印刷
ISBN 978-7-200-14589-2
定价：46.00 元
如有印装质量问题，由本社负责调换
质量监督电话：010-58572393
责任编辑电话：010-58572757

图书在版编目（CIP）数据

奥林匹斯的春天 /（瑞士）卡尔

海洲译 . — 北京：北京出版社，20

（诺贝尔文学奖作家作品）

ISBN 978-7-200-14589-2

I . ①奥… II . ①卡… ②杨

近代 IV . ① I522.24

中国版本图书馆 CIP 数据核

作家小传

卡尔·施皮特勒（Carl Spitteler，1845—1924），在瑞士北部巴塞尔附近的里斯塔尔出生，父亲为政府官员。1863年，他到巴塞尔大学攻读法律，之后又到苏黎世和海德堡学习神学，学成后的他在俄国和芬兰做了几年家庭教师，而没有去教会出任圣职。在此期间他的第一部作品神话史诗《普罗米修斯和厄庇米修斯》完成。这是一首长篇叙事诗，素材来源于古希腊神话中有关普罗米修斯和厄庇米修斯兄弟俩的传说。诗人发挥无穷的想象力，通过有节奏的对句押韵形式，刻画了这两个个性、思想、经历、品质都完全不一样的人物形象。

1881年回瑞士后，施皮特勒先后在几所学校任教。1885年，施皮特勒先后在《巴塞尔新闻》和《新苏黎世报》任记者和专栏编辑，并撰写文学评论。1892年，施皮特勒岳父留给他一笔遗产，由此他可以不再担任报刊编辑，而专心在卢塞恩城进行创作。1900年之后的五年，他人生中的杰作——两卷本叙事史诗《奥林匹斯的春天》（1906年初版，1910年出版修订本）完成。长诗对古代希腊神话世界的故事予以了描绘，刻画了阿波罗、宙斯、赫拉、阿罗美狄娜等性格完全不同而且有血有肉的形象。这部史诗般的作品极具气势、慷慨激昂，诗人传承《普罗米修斯和厄庇米修斯》的创作思想，想要以这个神话故事为契机，来对生活和它的含义进行说明。欧洲优秀诗人都对这部叙事史诗夸赞不已，甚至有人认为他是自歌德以来最为杰出的德语诗人。

此外长诗《超过现实之界》（1883），抒情诗《蝴蝶》（1889）和《草与铃之歌》（1906），散文集《可笑的真理》（1898），小说《伊玛果》（1906），喜剧《两个反对女人的小男人》（1907）等都是施皮特勒的主要作品。

"一战"中，施皮特勒发表了反战文章《我们瑞士人的立场》，对整个欧洲都产生了影响。晚年，他开始重新创作《普罗米修斯和厄庇米修斯》，并将此书改名为"受难者普罗米修斯"，此书直到他去世以后的1924年底才出版。他于1914年撰写了回忆录《我早年的经历》，对自己的幼年生活进行了回忆，表达了自己对童年的恋恋不舍之情，极具风采。

授奖词

瑞典学院常务秘书　C.D.威尔逊

　　瑞典学院按诺贝尔基金会的要求，将去年（1919）末的诺贝尔文学奖颁发给卡尔·施皮特勒先生，获得此项荣誉的是他1906年问世的史诗《奥林匹斯的春天》。

　　可以说，这部作品直到"晚近才显示出自己的价值"。虽然这一荣誉来得有些晚，但这部作品已经获得了自己在文学史上应有的地位。对全诗的欣赏已不再让人感到辛苦和疑惑，因为这首史诗不仅具有诗歌的形式美，而且已经超越了形式之美，创造出和谐而充满艺术性的表达方式。只有能够独立思考并且具有理想主义的少数天才，才能实现这样的和谐与艺术。

　　我们并不赞同这一表述："此诗体现出的是与艰涩思想做斗争的结果，而非自然的、清晰的启迪。"诗人的艺术与评论家、读者对这种艺术的欣赏之间本身就存在距离。但这种距离并不是为了指出彼此的缺点，而是更加证明了这部作品拥有非凡的深度和丰富性。只有非常审慎、认真的批评才能完整地体现这部作品。

施皮特勒的《奥林匹斯的春天》这本书，只有1909年的改写版在瑞士、德国两国流行。但是随后的每一年，特别是世界大战之后，有越来越多的人对这本书感兴趣，读者群也越来越大，今年的最新版可能会卖几千册。对于一本和时代有些脱节、厚达六百页、描写奥林匹斯众神的史诗作品来说，这一数量已经非常庞大了。由于这本书采取了特殊的文学类型，所以必须整本阅读。读者必须有足够的闲暇和注意力，才能欣赏这部作品。作者花了几十年的时间才完成这部作品。写作时，他故意地，甚至有些残忍地让自己脱离喧闹的当代生活，也很少计较物质上的报酬。

他不但没有对矛盾进行调和，反而特意挑选题材和创作方法。他所选择的题材和创作方法，让素养、兴趣、教育背景不同的读者感到困惑不已，尤其是当他们想要了解作者呈现出的诗歌世界时，必然会有这样的感觉。他从最开始就要求读者能够付出足够的辛苦与耐心，跟随他一起完成这趟奇特的旅途。他的路途只依靠连续不断的情节和主角的对话来照亮。诗中主角的独白和对话充满了戏剧性，甚至完全脱离了史诗结构。文学评论家可以在这一作品中发现荷马的影子，但他会惊讶地发现自己被带入一个未知的目的地。

但从其他方面来看，荷马的奥林匹斯和施皮特勒独创的神话有着突出的差异。有人批评施皮特勒喜欢使用语言学家和其他学者制定的规范，写出那些艰涩的意象和精致的象征来吸引这些学究。这种观点并不公平。实际上，施皮特勒的奥林匹斯众神、英雄和他神话的内容、神谕与古希腊诗人、哲学家的风格差异巨大。施皮特勒的史诗既不属于近期的古典文学，也不能说明诗人是依靠寓言来诠释的。本人认为，将本书与《浮士德》第三部相比也是错误的做法。因为施皮特勒没必要模仿任何人，他无须像歌德那样，为了在浪漫的热情和古典之间寻找平衡点，不得不使用浮士德和海伦的形象。施皮特勒的神话是一种从教育中发展出的个人表达，表达的是他自身与人类社会强加给他的各种需要做斗争时的或强或弱的自由意志，以及各种充满理想的想象力，人类的痛苦、希望的破灭等。他描写出鲜活、混乱、不断挣扎的形象。对于他那梦幻与现实相结合的世界，现代美学是很难接受的，更何况其中还夹杂着各种神话角色。施皮特勒作品的艰涩难懂是公认的。

就算我想要从《奥林匹斯的春天》中摘录一些较易被人理解的段落，我也无法找出一幅可以清楚地展现其丰富性的画面。我无法描绘出各个章节中那些鲜亮、闪耀、丰富、充满魔力的内容，也无法说明主旋律和插曲之间那种紧密相连的关系。我只能说，在奥林匹斯这一宇宙中，充满了欢乐和痛苦的力量，但由于人类的不知感恩、放纵和犯罪，最终变成了无能为力的绝望之感。宙斯的儿子海克力斯，虽然拥有天父、亲人、朋友赐予他的一切美德，但他仍然背负着赫拉（天母）的恨和诅咒，不得不离开奥林匹斯，到地面上完成不会得到回报的艰难任务。

除了奥林匹斯众神伟大的冒险、征战以及彼此间的争斗，诗人认为，超人的价值只能在控制住自己的欲望与妄想时才能体现出来。

凌驾于其上的是残酷而阴冷的宇宙法则——命运。在他们之下的则是离我们更近的没有灵魂的自然力。在大自然中，不管是神还是人，都要为自己和他人的利益而奋斗。但大自然已经被邪恶和傲慢所利用，神和人只会越来越愚蠢，最后堕入毁灭的深渊。这部史诗里有着飞船、奇特的发明和圆顶、拱门，这些都和荷马质朴的文风有着很大差异。但卑鄙的扁平足民族，却用人工太阳攫取了阿波罗的权力，他们还发明了阴险的车子和毒气瓦斯，想在空中杀害阿波罗。这些情节都说明人类在物质方面的自信心已经超过了合理的限度，以至于对人类产生威胁，甚至会导致人类的衰落。

除了戏谑情节之外，施皮特勒还描写了英雄经历的艰难险阻和伟大事业。他那收放自如的幽默感，让人联想到阿里欧恩妥[①]。他的风格非常多变，有着各种语气和色彩：从庄严伤感，到谨慎的明喻写意，再到对大自然的生动描写。通过他对格律和轻重音的把握，可以看出他对语言有着非同凡响的驾驭能力。他的语言生动活泼、华丽而铿锵，而且是纯瑞士的。

本学院非常荣幸能够在这里推荐施皮特勒在诗中创造的独特文化。施皮特勒因病无法前来领奖，此奖项由瑞士大使馆代为转达。

---

①阿里欧恩妥（1474—1533）：意大利诗人，著有《疯狂的奥兰多》。

目 录

图书在版编目（CIP）数据

奥林匹斯的春天 /（瑞士）卡尔·施皮特勒著；杨海洲译 . — 北京：北京出版社，2021.4（2025.7 重印）
（诺贝尔文学奖作家作品）
ISBN 978-7-200-14589-2

Ⅰ . ①奥… Ⅱ . ①卡… ②杨… Ⅲ . ①史诗—瑞士—近代 Ⅳ . ① I522.24

中国版本图书馆 CIP 数据核字（2019）第 056170 号

诺贝尔文学奖作家作品

奥林匹斯的春天

AOLINPISI DE CHUNTIAN

［瑞士］卡尔·施皮特勒　著
杨海洲　译

*

北 京 出 版 集 团　出版
北 京 出 版 社
（北京北三环中路 6 号）
邮政编码：100120

网　址：www.bph.com.cn
北 京 出 版 集 团 总 发 行
新 华 书 店 经 销
三河市天润建兴印务有限公司印刷

*

140 毫米 × 202 毫米　32 开本　8.375 印张　194 千字
2021 年 4 月第 1 版　2025 年 7 月第 3 次印刷
ISBN 978-7-200-14589-2
定价：46.00 元
如有印装质量问题，由本社负责调换
质量监督电话：010-58572393
责任编辑电话：010-58572757

诺贝尔文学奖作家作品

奥林匹斯的春天

OLYMPIAN SPRING

〔瑞士〕 卡尔·施皮特勒 著

杨海洲 译

北京出版集团
北京出版社

奥林匹斯的春天

从春天出发

冥府之王哈德斯^①一声令下：
"将所有被俘获的众神都释放，
让他们马上到女巫神庙会合，
我会宣告我的咒语并发布旨意。"

一队队的侍从立刻飞奔离开，
带着为难的神情从防空洞归来，说他们无计可施：
"专制统治者力量强大，负隅顽抗，
我们无法击碎他们的镣铐；
骄傲的头颅已经睡意沉沉，
失去勇气的众神注意不到任何信息。
警告和鼓励都于事无补，
威胁和期盼也无法将他们疲惫的生活意志唤醒。

_____

①哈德斯（Hades）：也叫普鲁同（Pluton），冥王。他是克洛诺斯与瑞亚之子，是宙斯、波塞冬、赫拉的兄弟。

就算用力把某个人摇醒，
他也只会软绵绵地抬起头，
你会发现他忧伤地闭目倾听
风在怒吼、浪在翻腾的声音，
而后他便继续绝望，继续忧伤，
在睡梦中被痛苦压垮。"

于是哈德斯一撩外套：
"让我来！"他亲自来到地牢，
直到耳边传来呻吟与哀叹之声——
他们沉浸在梦中心神不宁。
他踮着脚尖，默默无语，
然后，轻手轻脚地向前走去，
脚下躺着奄奄一息的神明。
他俯下身，在最近的神明旁跪下，
拉住他的手，扶住他的肩，
用充满善意的私语让他重拾勇气与力量，
告诉他有自由与幸福的阳光。

此时，在地狱里的生死交战之中，
生活的苦种已蠢蠢欲动。

突然一道强烈如火焰般的闪电
穿过无数细碎的缝隙将黑暗劈开,
一个个还在沉睡的脑袋渐起,
朝向渴望已久的金色阳光下闪烁的露水。
睡梦中的人不由自主地把脸埋在
救世主宽阔的、充满恩惠的胸膛,
贪婪地获取一点点安慰,
为自己可以紧紧地依偎在朋友怀中而庆幸。
很快,传出一声叹息,
是逐渐苏醒的种子在呼吸。
走失的自信从天边沮丧地回到家,
刚刚诞生的理智微笑着欢迎它回来。
睿智的目光如点点星光,
像胜利归来的人敲响两扇高高的眼帘。
"站起来吧,"冥王激励道,"朝圣者们!"
他的身体和尊严都如英雄一般,自己先站了起来,
看啊,所有沉睡的神明都从各地站了起来,
他们重生了!

男女神明出现在潮湿的神庙里,
冷得浑身发抖,

眼神忧郁地望向潮湿的窗户，

飘荡的乌云激起了不悦和愤怒。

"朋友们，"冥王说道，"说吧，

是谁把生命赐予身躯，把浆液赐给种子，

自以为是地为星辰确定轨迹，并且无论高低贵贱

把思维赐给人和神明？"

"这个人就是阿南刻①，"

这轻声细语严肃中有一丝紧张，"一个'被强迫的强迫'②。"

"正确！神明的命运为何？

请你们继续说。"

没过多久，一个略带忧郁的声音响起：

"神明们知晓，他们自己的命运

用火焰制成的笔，写在一本石头制成的书上，

但没人能读懂这些字迹。

普天之下，唯有女巫

能够预测未来，解开这本圣书之谜。"

"她们会前来为你们解读，每个人都要注意，

---

①阿南刻（Ananke）：希腊语，意为"必然性"。本书中这个词被赋予了人格。
②被强迫的强迫：原文为ein gezwungener Zwang，直译即"被强迫的强迫"，指的是无从避免的强迫，有着宿命论色彩。

留心听，她们说些什么，有什么意义。
带插图的神秘之书中，
每一句话都透露出上帝的启示。"
话音刚落，他从祭坛下拿出装有圣书的盒子，
他高举着圣书，
庄严的声音击打着神庙的坟冢：
"太古时代的女儿们！
你们的王哈德斯下令：
快出来吧，三个富有经验的姊妹！"

侍从们提心吊胆地把栅栏打开，
女巫们一哄而上。
穿着连鞋袜翩然飘进，
在大厅周围转来转去。
忽然，她们的去路被一阵气味阻挡，
抽泣着、哆嗦着，她们闻出了圣书的味道。
她们差不多连书本的影儿都没见到，
就已经被吓得目光呆滞、
呼吸骤停、嘴角歪曲，
肩膀上的肌肉也动弹不得。
双脚颤抖，之后整个身体都开始僵硬发麻，

面无血色、毫无温度，就像雕像一样。

这时哈德斯先讲了所有规矩，
然后开口说道："赶紧读出来，预测一下命数！"
像是遭到了沉重的一击，
一尊尊雕像开始移动，
她们无精打采、亦步亦趋，
她们的额头紧贴着圣书，像是对他人的意志表示遵从。
第一双手在命运的行间探寻，
顺着字迹的方向，打消疑虑，
之后食指定格在某一个地方。
她幽幽地自言自语，
像在昭告未来，又像在梦呓。
很快声浪越来越高，吐字也更加清晰，
所有眼睛都盯着她的双唇。
这第一个女巫唱诵着命运之书，
像幽灵一样发出幽怨的声音：

"用世界上'被强迫的强迫'的名义，
对永久的神明进行处罚。
你知道吗？筋疲力尽的长蛇一丝不挂，

弯着腰蜿蜒在地球的怀抱里。
可是有一天，它加速往前冲，
从坟墓逃出，来到青天白日下。
于是，某日某时，
恒久的神明严肃地从阴间升起，
将幸福的王位据为己有，居于云端，
他们的住所富丽堂皇。
奥林匹斯山①在遥远的另一端，
头顶着天堂，脚踏着人间，
只听到震耳欲聋的雷鸣声，
还有一阵阵难听的鹰叫声。
神明们在这里举行婚礼，
夏天也在这里避暑。
毋庸置疑，他们掌控着地球，
他们由着自己的心情安排人间的所有，
直到天地轮换、命运之轮转换，
将来也许就会对这段预言进行证实。"
女巫突然一停顿，
预言宣告终结。

①奥林匹斯山：位于希腊东北部。古代希腊人将这座高山看作神山，希腊神话中的众神都在山顶居住。

冥王给第二个女巫下命令："继续说，快！"
她勉为其难地接受指示。
第二个女巫一边读一边唱，
空中响起悠缓的声音。

"我说一个寓言，请你讲出它所蕴含的意思。
你知不知道人间有一位蜂王？
她出身贵族，身份显赫，
享有十足的权利。
不管大千世界要求其他人多么忙碌，
她也只需要侍奉女侯爵。
她身份尊贵，地位非比寻常，
人们向往得到的最高赏赐就是她的爱。
也就是说，在一众神明中，
苛求十全十美的造物主，将要封赠一位女王。
她有正统的血缘，外形姣好、气质出众、
典雅尊贵、羞涩而冷漠。
所有神明都倾心于她，展开激烈的竞争，
谁在这场竞争中得胜，谁就有资格当国王。
你知道这位至高无上的少女是何许人也吗？

她叫赫拉①，她高贵典雅。

哦，难受啊，太难受了！我发现

赫拉光洁的皮肤上有一块儿黑色的斑点，

这是来自于遗传的会要人命的疾病：

永恒的神明的法定王后最终将会殒命。

她继承了亚马孙族②女战士们的血统，

她们都在奥林匹斯山顶正襟危坐着。

天哪！这个并非永久的人为什么可以待在永恒的神明身边？

鲜活的躯体为什么可以永久被释放？

——太恐怖了，我已经想不下去了！"

女巫忽然停顿了一下，

预言宣告终结。

冥王命令第三个女巫：

"赶紧过来，接着读！"

这最后一个女巫一边读，一边唱，

空中回荡着动人心魄的故事。

①赫拉：希腊神话中的天后，宙斯的姊妹和妻子，专门保护妇女的神，负责婚姻
和生育，本书的赫拉是人，不是神。
②亚马孙族：希腊神话中骁勇善战的妇女，因为种族需要一代代传下去，她们和
周边的男人们交欢一次，如果生了男孩就交给父亲，女儿则留下来自己抚养。本
书中的亚马孙人是赫拉的护卫和随从。

"你知不知道身上有色斑的人，他们有着残酷的习俗？

一个新生命正在她金色的肚子里发育，

可是婴儿才刚生下来，

母女之间就有了深仇大恨。

母亲嫉恨漂亮的女儿，

把她赶出宫去——她出生的地方。

赫拉在奥林匹斯的岩洞里长大，

在电闪雷鸣的树林中长大。

在阿南刻的保护下，敌人的怒火不会烧到她身上，

她的膝前环绕着忠诚的侍从们，

不让她心生厌恶，

抚养她，保护她的圣洁。

得到无微不至照顾的赫拉，快快乐乐地长大，

她美好、快乐，像一朵含苞待放的花儿一样。

那面小镜子是她最喜欢的玩具，

她时常拿出来照自己，

陶醉在镜子里的美貌，

那是一张孩子的脸，快乐愉悦。

可是有一天，她非常害羞，

哀叹一声不再照镜子，神情迷茫。

就在同一天，追随者们倾慕于她的美丽，
要她和她的母亲比比，谁更美，
把她拽到母亲的宫殿前，
可是你看，相比老年，青年的花朵要更胜一筹！
这女人个子不高，可是却有一颗狠毒的心，
家族中传承着粗鲁的习俗。
在奥林匹斯山顶，危峰兀立的云层，
还有那电闪雷鸣。
这老妇定会将众人扔进棱角分明的罅隙中，
无论遭到多么激烈的反抗。
造物主都极度厌恶这些快要死的人，
她怯懦、卑鄙、蛇蝎心肠，
摇动着她那巨大、坚硬的头，
瞬间天地为之震颤，山风呼啸，
奥林匹斯山出现一道裂缝，
山风卷起那些被废黜的神明们，
卷到裂缝中，堕入阴间冥土；
之后天崩地裂，凶恶地讥讽着朝他们唾沫横飞，
这时，一支神的队伍出现，他们是来求婚的，
从阴间启程，走向新女侯爵的宫殿去。”
预言在一阵大笑声中结束，

女巫全身颤抖，舌头都止不住打战。

冥王大叫一声："你们只说了一半预言，还有祝福没说呢，
快，把原因也读出来才算结束。"
三个女巫手拉着手，一起走上前去，
认真翻看了书中的各个细节。
很快她们就丧失了热情，手臂耷拉下来，
脑袋下垂，勇气全无。

下令者粗鲁地示意了一下，
女巫们离开不再执行命令。
"兄弟们，我言简意赅地说两句，"冥王又开口说道，
"话多少意，话少味浓，
每段话的最好开始就是结束。
一位使者把双手环抱在胸前，从奥林匹斯山飞过来：
'起义了！动乱了！
天哪！一切都宣告结束了！
已经废除了法令和条例，
克隆纽斯①王朝政权被推翻了，

---

① 克隆纽斯：希腊神话中天神乌拉纽斯和地神该亚之子，主神宙斯是他的儿子，曾把其父亲的统治推翻，后来他的儿子又推翻了他所统治的世界。

王后倒在了裂缝中，瑟瑟发抖！

国王和其军队到处乱窜。

因此到你门下，希望得到保护，提供住所。'

使者的消息就是这样的。你们了解了吗？

克隆纽斯政权不存在了，现在到了你们手里。

包括他的王位、王宫和帝国。

命运的意志大喊道："赶紧去！去接管它们！"

总而言之，朋友们，现在该你们出场了！

你们自由了，你们赶紧去奥林匹斯求婚吧！

祝你们一路顺风！我愿做你们的领头羊，

和你们一同前进，直到地狱之门。

我一定要保护你们把七重磨难都踩在脚下，

它们来势汹汹地等着你们，在冥河和地狱。

听着，我来跟你们说说是哪七重磨难，

以免你们横冲直撞。

沼泽岸边的诽谤鸟、六须鲇、真正的鱼工和乔装打扮的犬，

冰川间的复仇女神，陶玛斯山谷，

还有拉洛罗根桥畔的预言家们。

冥间的七重磨难就是这些，

可是你们不用担心，我会保护你们顺利前行的。"

把这番话说完以后，他健步朝前走去，

后面紧跟着热情澎湃的众神明。

女人们却站得远远的，脸上写满了担忧，
她们抱怨不停，不愿意离开这里。
"我们有勇气追求自由，"一个压抑的声音响起，
"女人并不想变成多余的人。
假如男人们之所以步履匆匆，是为了去求婚，
把仆从和侍女给他们吧，不要让家眷同行。"
"要想获得成功，必须具备一个条件，"冥王说，
"在求婚的竞争者中，决不向对方认输。
因此你们要承担一项引以为傲的任务：
来吧，去嫁给那些无畏的失败者吧。"
"这项引以为傲的任务，我们接受了，因为你说得没错。
无畏的求婚失败者，还有你们满满的爱，万岁！"
她们兴奋地说着，拥有顽强的意志，
作为男人们的新娘，和他们站到一起。

上下的台阶数不胜数，
隐秘掩体中通常会响起
半人半马怪和巨人启动坦克的声音，
他们随处设置岗亭，守护着每一座拱门。

之后一队人马从广场、棱堡和桥梁穿过，
从小巷通过又从汪洋越过，
沿途尽是沼泽一样湿润的城墙，
还有被高墙包围的牢狱和刑场。

听，他们从哈德斯高耸的宫殿经过，
周围全是榆树，听不到任何声音，
宫殿的墙壁被幽暗的天鹅湖从各个方向冲击着，
孤家寡人似的宫殿希望和灰色的山丘并驾齐驱，
一个女子的声音从墙内传出来，声音越来越大，
从花园那边传过来，犹如少女般娇嫩，朋友般关切。
耳闻这一美妙声音的人，
都说这是一个尊贵的皇家美女。
他们转过来，脸上写满了娇羞和尊敬，
看，冥王哈德斯的爱妻，
普西芬尼袅袅婷婷，
站在远处的迷雾中。
她开口说："祝你们好运连连，你们偶然
被命运眷顾，从这块阴郁的土地离开，
向光明的世界而去，那里有鲜花，还有微笑，
你们可以在绚烂的世界里尽情遨游。

而我，被没有任何乐趣地局限在这片土地上，
命运太残酷了。
太阳的絮叨不见了，友情的温暖不见了，
我的心被叹息慰藉着，倍感悲伤。
我要那王冠干什么？还有那金光闪闪的装饰品、
紫袍，让人心旷神怡的亚麻衣服？
箱子里全是宝物，
锁好以后放在角落里，
它们不能沐浴在阳光下，
也不被行家瞧见过。
我太悲哀了！
我所听到的只是鸟身女妖的叫声、门卫粗鲁的喊声、
俘虏们的叹气声、喇叭声、部队前进的声音；
我所看到的只有阵阵迷雾。
我对命运寄予的最大希望，就是期望
七重厚雾不要彻底延伸到大地上，
灰色而冷酷的雨下个不停，
也应落到另一方。"
普西芬尼一边唱，一边转过来，
慢慢消失在石子路上。
可是她的背影，她充满忧思的歌声，

却一直和跋涉者相伴。

他们不知不觉来到桥边一扇大门旁，
平地延伸开去，在远处不见了踪影，
冥王警告说："分成两队，顺着桥的两边走，
速度快点儿，中间的厚木板不要踩，
它是由'心沉树'做的，
只要有人踩到它，就会想跑回去。
因为家乡会被来源于树干上的香树脂
刻画得金光闪闪而异地破败不堪。"
可是勇士们内心在想：嘿，我们是无坚不摧的，
有谁心甘情愿再到牢狱里去？
可是他们的脚刚碰到桥中间的厚木板，
脑海里就闪过一个想法，他们回过头，
看，战壕成金色，要塞壁垒也一片美好，
牢狱身姿窈窕，
塔楼隐约传来乌鸫的歌声。
他们陷入回忆中无法自拔，每个人都想回头，
不想继续坚持往前走，
无奈之下，哈德斯只好强行拖开他们。

过桥以后，他们义无反顾地朝前走，
道路平整，两边种满了杨树，
散发着阵阵霉味儿的河渠位于两边，
毫不停歇地流向冥河。
杨树过后依然是柳树、桦树，
有变化却看不到变化的作用。
之后杨树又出现了，
地势低洼的地带也愈加潮湿。
周围的小池塘连接成一片污泥，
似乎整个阴间就变得乱糟糟的。
不时会出现草原或筑堤护岸的柴捆，
可以短暂休息一会儿，脚下才变得干净。
听到越来越多的青蛙叫，
似乎和勇士们一道前进。
突然队伍中传来一阵大笑声，所有人都停下了脚步。
冥王问道："你们为什么突然大笑不止？"
答复说："我们看到一座垃圾山，
上面直立地站着一些叫不上名字的禽类，
它们彼此向对方致敬，口中叫个不停，
净说些愚不可及的废话。"
冥王一本正经地挑了一下眉毛：

"你们应该觉得恐惧，一定不要笑！

这些鸟儿会给勇士们带来灾祸，你们必然和它们

一起讲胡话，要不然周身上下都会被鸟粪侵袭。阿门！"

正说着话呢，一支雄赳赳气昂昂的家禽队伍，

就从天空飞奔过来，一边飞一边鸣叫。

野鹅、琵鹭、脏鸟，还有鸟身女妖，

一起朝神明们身上倾泻垃圾，

乌鸦和鸷隼也见样学样，

鹊儿也不甘落后，骂起人来毫不逊色。

鸟儿们叽叽喳喳地叫着，

新飞来的沼泽鸟拍打着翅膀，

亢奋的、被仇恨吞噬的鸟儿越来越多，

积聚了更多的罪恶之云。

神明们既惊讶又难过，一个个你望我，我望你：

"我们到底做了什么得罪它们的事？"

"弟兄们，"哈德斯说，"你们应该清楚，

恶事的原因往往是查不到的。

你们本身是没有恶意的，罪恶之鸟儿也乔装得特别像，

可是它们的内心确实阴暗。

它们没有牙齿，怯懦，心里充满了仇恨，

它们合在一起就是杀人不眨眼的魔鬼。

它们根本不会思考，假如我不在场，
——请相信我，你们会被熏死。
可是只要你们叫一声'多快'，而且手往远方指去，
它们马上就会叫着飞向另一个方向。"
他们刚把"多快"叫出来，奇妙的事情就发生了，
它们朝他们所指的方向，鸣叫着飞过去。

好不容易过去了，长久的辛苦可真是不简单！
通过了湿润的白杨树林，
伴随着不停的抱怨声，这条路将要走到尽头，
拐弯处靠下就是河流和堤岸。
眼前出现辽阔的冥河，
对岸漫过来厚重的乌云，布满了天空。
厚重的乌云坚挺地掠过平静的河面，
笨拙地饮着河中的水。
四下一片安静，
毫无生气的水流懒散地流向前方。
所有人都心不在焉地望着河，
脚边流淌着冥河里的水。
领袖把君主的手杖举起，
前后朝天空挥舞了三次：

对面那拨云见雾的闪电的顶端，
跳动着丝丝蓝色的火焰，
聋船夫卡隆的大木筏，
很快就会用劲地划向这边。
站在这摇摆不定的木筏上，得小心一点儿，
它会慢慢地从河岸离开，航行在柔软的水面上。

才往前走了几里，哈德斯的心就怦怦跳个不停，
他看了一眼周围，表情凝重地提醒道：
"我不得不严肃地提醒一下你们，
我们会在这里遇到一条阴谋。
在那块岩石下，有深深的潜流，
六须鲇假装在那里睡觉，那种巨兽非常恐怖，
它名叫'过去'。只要六须鲇苏醒过来，
我们所有人包括筏子在内都会被卷入波涛中。
你们一定要用摇篮曲给它抚慰，还要用力打呵欠。
它的胡须会缓缓在水面上掠过，
你们要温柔地给它按摩，让它进入梦乡。
要是它醒过来，我们就没有好果子吃。"
冥王边说边一脸恐惧地看着岩礁。

朝圣者们都对他的警告颔首示意，
六须鲶的胡须和触角
刚伸了个懒腰，
他们就哆嗦着抚摸它，丝毫不敢懈怠，
而且哆嗦着唱起摇篮曲，用力打呵欠，
直到恐怖的眠鼾传入
他们的耳膜。
冥王叹息着说："弟兄们，好样的！
可如今又出现了新的危险：
你们看到没有，河中央偏左的位置，
那黄色的沙洲，一片开阔的光秃秃的地方上有亮光在闪，
趁现在时间还够，赶紧低下头去，把脸蒙住，
不要让你们的脸被那一半身子埋在沙里的魟看到，
那恶毒的东西会让你们痛苦不堪。
它们在沙地里用有力的尾巴钻出一张床，
尽情地享受着风浪。
谁要是看它们一眼，
就会马上精神失常。"
他说完了。勇士们谨慎地遵从了他的指示，
用大衣把自己的身体严严实实地包裹起来。
慢慢地，他们的心里出现一个欲望，

想看看岸边是不是确实有虹，
它们长角了吗？耳朵长吗？
还是其他什么样子。
他们缓缓把大衣松开，
从狭小的衣缝看过去。
目光从邻人的眼角扫过去，
他也鼓起勇气看向那个岛。
于是这人也鼓起勇气，
偷偷观察着。
岛屿慢慢退向后边，
他们的脑袋也跟着往后转。
脑袋还没有转回来，
眼睛一直锁定那沙洲，
"原谅我吧，"冥王笑着说，
"请原谅我，一定要施行一下这个阴谋，
所有人都想要得到本不属于他的东西，
因此所有警告都宣告无效。
从左边的沙洲经过时，我就警告过你们，
我就猜到你们会看向那边。
而沙洲的右边才是虹真正所在的地方，
那一面才有危险。"

这番训斥使他们不由得羞红了脸，
所有人都在心中默默地感谢这善意的谎言。
这样，木筏轻柔地摇晃着，
安全地、快速地将冥河上的最后一段旅程走完了。

像离弦的箭一样，木筏快速前进，
已经抵达地狱的边缘。
"尊敬的同伴们请小心，"冥王又开口说话了，
"岸边就有拦路狗克伯鲁斯①。
它小看神明，认为他们并不神圣和智慧，
它想咬住你们。
它从里到外，从上到下就是一条恶狗，
既放肆又凶恶，非常坏。

你们听我说，把我的话牢牢记在心里，
小心这只长三个头颅恶狗的欺骗，
谁和克伯鲁斯第一次见面，
都会兴奋于这虚伪的真诚，
它那动人的值得歌颂的脸蛋儿，

---

①克伯鲁斯：希腊神话中的恶狗，长有三个头，蛇尾，地狱大门由它负责看守，
假如有阴魂想要逃出去，就会被它抓回来。

总是面带微笑、目光亲切，

所有人都在它的诱惑下，全凭它那一张嘴说胡话，

口蜜腹剑，难免受其蛊惑，

假扮善良、友爱和仁慈，

巧舌如簧的狗嘴高喊仁义道德。

听好了，不要上它的当；

记好了，这些都只是代表着事实的对立面。

这些仁慈的狗脸——我知无不言——

都是靠冠冕堂皇的话语堆砌出来的。

它爪子尖锐、生气狠毒，还有前端的嘴巴

都因气愤而变了形，

可是它的各种居心叵测的伎俩，

都已经完全暴露：

等到甜言蜜语彻底击中了勇士们，

内心深处被触动，

形成一种模糊的、夹杂着疼痛的快乐追求，

化作梦境一样的热泪夺眶而出。

于是，勇士们开始向往着未知的将来，

忽略了现在，忽略了狗这样一个事实。

克伯鲁斯所希冀的，

用恶毒的诡计利用的那一刻就是这个。

突然，你大吃一惊，还没反应过来，
你的一条腿已经被它咬断了。
看，它那如同豺狼一样的嘴，
把你拽来拽去，丝毫没有放过你的意思，
它的臀部告诉人们
纯洁善良和忠诚正义。
听，它在那儿闻来闻去呢，
其他坏蛋不会利用这种气味。
兄弟们，快把鼻子和嘴蒙住！"

冥王的演讲结束以后，只见克伯鲁斯
已在岸边装模作样地表示欢迎。
这时跳板已经搭好了，
他们依次到了岸上。
这条恶狗马上扮作一副可怜相，
用狗嘴关切地表达友情，
直至勇士们泪流满面，
——因为他们没有能力反抗。
就在这时，这个假仁假义的君子忽然
摇摆不定、蹦蹦跳跳、态度急转，
它气急败坏、狂吠、谩骂、气喘吁吁，

想要从后面快速将一条腿拖倒。
哈德斯的目光和节杖，马上让它动弹不得，
它的怒气马上烟消云散了，现在感到赤裸裸的恐惧。
狗腿正把勇士们的腿往回拽，
现在这狗腿的弧线愈发大了。
最后它纵身一跃，到了稳妥的薦草丛，
肉没吃到嘴里，便龇牙咧嘴地咆哮着
尝了一遍燧石和砾石。
哈德斯的眼睛牢牢地注视着它，激情澎湃，
发出恐吓它的吼声：
"我极其讨厌喧嚣，
更厌恶吃饱喝足以后内脏发酵直打嗝儿。
可是假如有一天，
命运之神仁爱地让我带上猎犬、长矛和勇士，
到猎场上春风得意，
将全身是血的豺狼击中在地，
那时我将大摆几天宴席，
让整个地狱都热闹起来。"

他们真的从冥河边的沼泽地离开了，向前开拔，
来到一条怪石嶙峋的牲畜路，举步维艰。

曲折蜿蜒地从海湾经过，

地狱的大峡谷门还开着，

乳白色的波涛咆哮着从山底经过，

和阿歇隆河合二为一，裹挟进低地，

从逼仄的洞穴、山崖和盆地穿过，

科西图斯河被飓风吓得直打战。

电闪雷鸣、惊天动地，

所有的山坡和山谷都传遍了，连绵不断。

哈德斯说："这里的危险有三个，

可是行家定有对策。

第一个危险是复仇女神，

她们居住在险峻的冰川。

跋涉者们昂首阔步、身姿挺拔，

向光明世界前行，

这时复仇女神掀起一阵大浪，

她们前行路上塔般高的墙被推翻。

如果有人丧失信心走回头路，

一脸哀愁地往回走，

复仇女神不打扰他走自己的路，

她们在一旁不怀好意地笑。

你们最好回过头去弯下腰，

可怜地叹气，

像是对自己的未来牢骚满腹，

她们就会觉得我们在往阴间冥土的方向走。

第二个危险就在陶玛斯山谷上，

在那里，你们会觉得没来由地害怕，

心理上会有恐怖的阴影。

你们必须快速从山谷经过。

最后终于抵达拉洛罗根桥畔。

塔耳塔洛斯转而化身成预言家，足智多谋，

跟你们说具有超群智慧的布道者和老师在哪里，

他们的预言可以让你堕入河沟，可听上去却是充满了关切。

因为他们的话太动听了、太肯定了，

甚至他们还会得到现实的证明。

尽管在你看来，桥是安全的，

可你终归会一不小心落入礁石之间。

幸亏山脚下有蓬勃生长的青草，

你才能够跨过这座桥。

把耳朵用青草堵住，不闻窗外事，

如果相信他们所说的话，那么你们就玩完了！"

这就是领路人的恳切教诲。

他们恭顺地听从，不敢有丝毫怠慢。

战战兢兢地行走在复仇女神的山谷，

可怜兮兮、小心翼翼、一声接一声地叹气。

他们从陶玛斯山谷快速经过，

在拉洛罗根桥边，往耳朵里堵一把青草。

最后抵达一座岩石墓穴，只看了一眼就胆战心惊，

从天而降的绝壁带给他们的只有绝望，

冥王回过头来，

"大家不要慌，这是一个具有里程碑意义的地方，"

他一脸严肃，

"绝壁中有一条很隐秘的山洞通道，

如果有人夜间打扰，山神是会发怒的；

只要你们离开这里，

白昼就会出现在你的眼前。

不要大惊小怪，你们已经获得了自由！

你们会意识到你们已经离开这座山了，

来到另一座名叫晨山①的、通往人间的大山，

你们要花时间和精力去征服它。

山体由三个部分组成：

---

①晨山：作者之所以把这座山叫作晨山，是因为它可以从阴间通向阳间，从黑夜
到白昼。

第一部分是由一座座坟墓组成，全部都是乱石所造，
林中的小路由山塌地陷以后的碎石铺就——
神明们被赶出奥林匹斯，
逃离在我这昏暗的疆域上。
大家不要慌，这条路不会有危险。
大家一定要记住，双眼泉一定会出现在你们眼前，
就在一座由木头打造的井屋里。
那里是你们进出坟地的必经之路。
可是请记住我的话，不，是我要劝告你们：
泉眼有两个，吸管也有两根，
上面那根吸管坚决不能用，
它名为'不喜欢'，会让人害怕。
你们可以随意使用下面那根吸管，它会提升你们的快乐。
可能你们会碰巧遇到以下事情：
克隆纽斯的臣民们可能会在那里，
当你们从墓地经过时。
切记，不要和他们对话，
也不要对他们的埋怨施与怜悯。
最好不要让过去的仇恨充满希望，
你们要奋勇向前，向着幸福而去。
牢记我的这个规劝，我是为你们考虑的。

牧场和草地组成了晨山的第二部分，

你们经过那里，来到地面以下，

一路平顺；

假如你们在哪个地方延误了，

中午时分，你们会抵达那荒芜的草原，

因为阳光太炙热了，你们只好先停下来。

一片橡树林组成了晨山的最后一部分，

像在大地上牢牢拴了一根带子。

林中有不少变幻莫测的岩洞，

里面充斥着各种让人惊异的场景。

在那里，你们要心无旁骛地往前赶，

不然你们会后悔不迭。

全部晨山就是这样。

穿过橡树林以后，你们就到地面上去了，

脚踩着上界的梯级草地。

神采飞扬、骑着飞马的传令官会从你们眼前经过，

准备载你们去冒险，

去见恭候你们多时的天神——乌拉纽斯①。

①乌拉纽斯：希腊神话中的天神，挪亚的儿子和丈夫。提坦巨人族就是由他们一起生育的。其子克隆纽斯颠覆了他的统治。

你们要在那座金碧辉煌的宫殿里休息，

直到第二天晚上。

因为你们空无一物、寂寂无闻、

一身泥污、没有礼仪，

像个流浪者一样从十字路口经过，

只能在夜晚从地面上低下头颅，

爬到奥林匹斯的顶峰。

有资格向亚马孙女王求婚的人，

只能是那些声名远播、精神焕发之人。

再加上传承过来的远古风俗，

人们更容易接受它，所以已经流传甚广：

在天堂，云船张灯结彩，

伴随着鸟儿叫声、小号声以及鹰的呼声，

满载着乌拉纽斯赠予的贵重的礼物，

一路欢歌，开进奥林匹斯山岭。

我去一趟天堂，人们也许会生气，

在那里说再见，可能会让你们的快乐下降。

弟兄们，我之所以劝你们上路就是因为这个。

如果有人没有赶上，那也无所谓。

胜利和快乐其实很好把握，

因为它们的胳膊都很长，脊背都很宽。

有一个很理智的笑话，有人一头跌进黑莓丛，
才脱身，却又落入覆盆子丛中。
无论发生什么事，你们都不要忧愁满面，
时机一到，好运自然会找上你们。”

他刚一讲完，所有人都长吁短叹：
"大人，你要离我们而去？如果没有你的陪伴，
我们怎敢闯入那不熟悉的另一个世界？
我们的领路人是谁？谁来给我们指引方向？"
"没事的！就如同指北针会一直指向北方，
因为它明白家乡的方向，
神明们的脚印往世界之脊而去。
它已经在默默地告诉你方向。"

说完，他们就话别了，
在他的带领下，神队攀缘陡壁。
来到一块光溜溜的岩石前，
他无比睿智地按了一下，
一扇大门在石缝中被打开。
山腰吹过来一股腐朽的气息，
他们踟蹰不前、战战兢兢，

小心翼翼地对黑色岩洞的入口进行仔细检查。

冥王看向侧面，大喊了一声："赶紧进去！"

一队人马顺次弓着身子走了进去。

最后一个人刚从山洞走进来，大门就被用力地关上了，连回声也不例外。

翻越晨山（节选）

跨越艰难险阻，穿过狭窄悠长的洞穴，
山中升腾起越发炙热的毒气，
胸腔快速起伏着，
他们生死未卜，不由自主地大口呼吸着，
勇士们和弥散开去的毒瘴进行着顽强斗争，
遗憾的是，他们都失败了。
他们已丧失了知觉，心脏的跳动也变得微弱。
好像踉跄的步伐已不被遥远的虚弱的意志所掌控。
正在这时，炙热的夜空被一道强有力的光线所刺破，
电光咄咄逼人。墓穴中的霉味很重，
突然一阵清凉的风吹来。
高墙消失了，山脉也不见了。
四周的春之山谷忽然开怀大笑，
一层干燥的云雾从阳光下升腾而起，

慢慢从天幕穿过。

他们不发一言，独自发愣，看向上面
直插入云霄的天堂。
目光从发光的雾气穿过，从更高的山巅穿过，
进入一个崭新的世界。
周围没有一丝风，
天空越来越大，一望无边。

不时有人把手伸出来，
想要感受一下暖春的温度。
长久以来，
手指都是干燥的，
现在明显脱离了束缚，也不再需要保护。
微风不见了，更谈不上北风的肆虐，
几张面无血色的脸露出淡淡的笑容，
传递邻人一些神秘的信息。
所有人都彼此看着对方，相互猜测，
想知道别人是否和自己一样也有所发现。

就这样，他们拙劣地显示着兴奋，

面无血色，互相看着对方，
似一张陌生的表皮
根据一个判断，慢慢剥离，让人赞叹。
所有人都是第一次发现自己并不是一个人，
而是融入一个集体中，
每个人都因为这种感觉而觉得羞愧，
可是料想兄弟们的感觉也是一样的。
他们的目光也延展开去，
可以很轻松地发现其他人身上的优良品质，
于是他们的眼睛睁开了，
开始对身边的人充满善意。
看，那是正儿八经的神明中的贵族，
不容置疑。

不知道是谁先动的，
没有出现任何旨意，也没有发出任何信号，
甚至思路都还处于混沌之中，
忽然大家异口同声地喝彩，
所有人都发现自己和别人紧紧拥抱，相互抽泣，
这是自由的问候，是首次胜利的喜悦。

"往上走，到天堂上去！"
英勇在战场上的呐喊声嘹亮。
大家都急切地冲上附近的山坡，
如潮水过境。
最前面的一拨人还在攀爬，
周围已经响起各种声音，
喊叫声、喝彩声和断断续续的语句，
这是快乐和欣喜，
因为很多小奇迹同时出现在他们眼前，
他们欣喜若狂、赞叹不已。
一株香气浓郁的小草，
一根被苔藓覆盖的枝条，
路边的矮树丛、一只甲壳虫、一颗彩色的石子，
都是他们眼里的奇迹，
他们的眼睛灼灼发光，让人心醉，
谁都会格外珍惜这种日光，
奇迹和脚印相依相伴。

这支登山的队伍一路被奇景所吸引，
原本拥挤的人群开始四散开去，三五成群，
他们在朝圣这条路上相伴而行，

患难与共，
彼此给予对方支持，
开始只是巧合，后来成为一种习惯，
放肆地戏谑对方，
心中开始升腾起美好的友谊。
他们成为一个温馨的小队伍，
不想失去任何一位朋友，也不想要陌生人闯入。
对别人表示感谢或接受别人的感谢，
超过对自己利益的严防死守。
假如有人说："忠诚的朋友，你过来吧！"
抑或说："给，送给你这个。"
这时通常会产生误会，
因为所有人都以为自己是被叫到的人。
这样的误会让人更加欢快，
清晨的空气中回荡着愉悦的笑声。
机体恢复了，青春的力量也开始蓬发，
疑惑埋入了荆棘丛中。
他们跨过舒适的草地、简陋的阶梯，
顺着螺旋形的斜坡从谷地走出，
越走越轻松，
身体像玩游戏一样摇晃，往前飘去。

一阵一阵浓雾，

在脚下喧嚣；

云团像是一片大阴影，飘忽不定，

小径都被其覆盖，

可是从这云团中突然射出一道金光，

在近处变成一片火焰。

看，一个洁净的小花园，

猛然出现在明亮的天空。

金灿灿的太阳从鲜花遍地的林中旷原穿过，

难得这么悠闲。

所有的人都呆住了，怀着敬仰之情观看此景，

突然响起一阵再自然不过的歌声：

"你是谁？令人敬仰的生灵？你既亲切又严肃，

山谷都笼罩在你快乐的光环中！

你骄傲地独自居住在天上，

宇宙被你刻画成极乐之地，

原本烦恼的空间被你充满了香甜，

本质和假象被糅合在一起，如梦似幻。

我应该如何叫你？又应该如何问候你？

我不清楚，而你的神却在庇护我。"

紧接着响起第二个声音，

继续唱响感谢的颂歌：

"我的嘴在颤抖，我会忠诚地朝见，

用我痴迷的心，唱一支简单的歌。

当我陷入黑暗的困境，

我陷入昏迷、难过、忧伤，失去希望，

我原本以为

双眼只是为了流泪而生，

现在我才知道它所拥有的特异功能：

我可以亲自目睹数不胜数的奇迹，

看到反光的镜子，睫毛眨呀眨；

还可以肆无忌惮地欣赏，阳光是怎么穿透色彩的。

不管你曾经叫什么名字，

我就叫你'眼睛的安慰'。"

紧接着第三个声音响起："我已经看明白了，

一张如梦似幻的脸，一张极具代表性的图：

一道闪光从一幢穹隆形房屋飞逝而过。

青年伊里斯①紧随其后。

---

① 伊里斯：希腊神话中宙斯和赫拉的使者，和赫尔墨斯交往甚密，代表着彩虹。

她携带着弓箭套装，快速跳过去。
一辆金色马车上坐着一个小男孩，正往这边赶，
只见他让奔驰的骏马停下来，灵活地抓住闪电，
绕在头上，又笑嘻嘻地挥舞着它。
'亲爱的小孩，这下可以检验一下你的本事了，
看你箭法如何，是否眼疾手快。'
伊里斯有七支箭可用，
光彩夺目，由蓝、红、绿三色组成。
她用聪慧的双眼瞄准，
尝试了七次分开彩虹，
于是形成一个怪异的火的世界，
四周散发着红与绿的麦穗儿。
宇宙间随处可见彩色的小麦，
人人都取来属于自己的那一份。"

于是大家开始喝彩，
他们贪婪地注视着幸福的蓝天。
直到雾霭心怀妒忌，咬碎色彩，
他们才重新启程。

继续跨过舒适的草地、简陋的台阶，

他们沐浴在怡人的空气中，
一边聊着，一边走在山间小道上，
后来又偶遇一片石林，
粗笨无比，让他们前行受阻，
他们不再欢呼雀跃，
而是在艰难翻过灌木丛和针叶林。
一开始是从卧藤松、染料木和刺柏林穿过，
之后从矮小的灌木丛和云杉林通过。
山坡越发陡峭。
林中小路时不时就被山涧和峡谷切断。
忽然，先锋部队停了下来，
还退向后面，像是有什么大事发生，
响起了警报声，充满了威严和惊恐。
原来，他们遇到了一个让人退避三舍的大地堑，
一个恐怖的山崩区，一个岩石的大海，
从山坡穿过，斜斜地挂着，
像是洞穴里有什么恶神在施魔法，
山体被一分为二。
阳光下处处可见毁坏的、折损的
花岗岩和远古时期的白色化石。
冷杉上挂着鬼魂似的欧楂，

巨人的尸体在诉说着死亡。

万籁俱寂，只能听到汩汩的流水声、树叶的沙沙声

和小石子间叮当作响。

一个声音响起来：

"你们知道这地堑、泥沼吗？

哈德斯的忠告你们还牢记在心吗？

逃难的神明被阿南刻咒入阴府，

这就是他动用武力把他们打败的纪录。

上面有一小间木屋，看谁能找到，

你们在那里可以看到双眼泉和两根吸管，

那里有一条小道，你们可以爬上去。

可是请听我一句劝，

上面那根吸管坚决不要用，

它名为'不喜欢'，会让人惊惧。"

很快他们就从通道走了过去，

也找到了那口双眼泉，

所有人都谨记忠告，没有用上面那根吸管，

用下面那根吸管喝足了水，之后惬意地休息了一会儿。

看，有泉水的屋子里和板凳边，

就像深入树林的树干，

技巧地镌刻了不少小字。

这是谁写在这儿的？在讲些什么？

在强烈的好奇心的驱使下，

他们想知道这洁净的日耳曼古字说的是什么。

那上面镌刻的是高贵的神明的名号，

他们曾和克隆纽斯一道，从这条通道经过，

满怀力量和憧憬，去攀爬奥林匹斯山，

就和现在的他们一样。你是否发现队伍朝气蓬勃。

字迹明显可辨，保存得当，

似乎是昨天才由一个年轻人书写。

有人说："来，让我们商讨一下，

神明之王克隆纽斯书写的是哪个。"

好不容易在一棵冷杉树上发现了铭文。

从字迹中，可看出执拗和自尊，

明显不同于其他手迹，

名字底下那随便写的一横就是证明。

一开始，只有一个人模仿，

之后大家都开始模仿，

荆棘、石块、尖锐的铁器，都成为他们的工具，

他们兴奋地刻上自己的名字。

他们兴致盎然地，且极具艺术地

观赏、夸赞自己的技术，

冷不丁响起一个声音："将来国王的旨令

将会是谁的姓名？"

这话没有针对谁，也没有想要欺骗谁，

可是大家却像突然遭到了电击一样，

满面怒容，冥思苦想。

邪恶的眼睛避免彼此正视。

他们之间已经不存在信任了。

所有人都觉得其他人是自己的对手，会和自己斗个你死我活，

同伴们原本还眼眶湿润，

现在却充满了鄙夷，

显现出仇视的目光。

这时伊瑞涅一脸严肃，

站在心生嫉妒的人群中。

她太美了！大家都不知所措地低下头，不敢看她，

却又对她敬仰至极，觉得又羞愧又烦躁。

可是她却轻拍着他们的肩膀，

之后轻声说：

"嘿，这个错误也太离谱了，

太愚蠢了，而且完全没有道理！

现在你们还有什么理由在这儿抱怨？

现在有时间争论不休吗？

难道你们是想白白浪费机会？

都度量大一点儿！

只要我们和那至高的目标靠近，

我们就会难以克制那滔天的感情波涛，

因为有新娘在，一定会引发嫉妒。

在还没有抵达奥林匹斯之前，

你们一定要保持和平。

还在迟疑什么？赶紧过来，不要再做傻事了！

为了和平，请发誓！"

他们迟疑着把右手伸出来。

刚达成和平同盟，人们都开始窃喜，

因为仇恨，他们痛苦不堪、疲惫不堪，

现在总算把这项应该被诅咒的使命丢弃了。

这以后小路七弯八拐，

他们也只能顺势而上。

一路上，光溜溜的岩石似乎被磨过，

又似乎只是徒有外壳，表面是圆滑的。

可是不是磨石磨平了它，

而是过往的神明们一步步踏出来的。

"曾经是一个什么样的世界呢？"有人扼腕说，

"世上曾有过什么样的痛苦呀！"

一声像回声一样的高呼从林地里传来：

"所有永久的空间都包含着痛苦。"

队伍里迅速充斥着恐惧。

就像被恐惧的马刺刺中，他们快速奔跑。

于是危险就消失了。

打前锋的勇士们整齐地站在大堤上。

最后，队尾也从悬崖顺利通过。

可是，队伍又变换了队形，

战战兢兢地攀爬山坡。

每人都不由自主地朝身后望，

再感受一把恐惧的滋味。

认真听，那是多么尖刻的海风声！

树林发出飒飒的响声，似乎在脱皮。

一片沙云由粗沙细沙裹挟而来，

似乎紧随其后的是众人的脚步声。

被罢免的神明们，克隆纽斯的难兄难弟们，

朝外汹涌而出，

又如同倾盆大雨。

森林的安静被各种响声破坏。

双眼泉刚一出现在逃难的人们眼前，

他们就轻松了不少，争先恐后地朝水源扑去。

没有人提示，也没有领导人物的提醒，

他们直接用上面那根管子。

才喝了一口，

他们就瘫软在地，五脏俱焚。

"看哪，看上面！快看！"有人叫了出来，声音充满了恐惧。

"快看界那边坟墓里出来的人，太可怕了！"又一个惊恐
的声音传来。

"他们淡定地看着我们痛哭不已，

他们稳如泰山，而我们却倒了下去！"

人们马上看向上面，

好像有幽灵在戏弄他们。

可是当他们认真观察时，

才发现来者是自己的兄弟和亲戚，

还知道是谁来了，要去往哪里，

也看到他们不停地奔波，

这些人眼里的神采慢慢消失了，

和同伴拥抱，克制住难过，差点儿昏厥过去。

这时老神明们向新神明们发问了：
"这么说来，你们是想顶替我们的位置？
你们想惬意地坐我们的椅子？
你们想躺在我们的床上休息？
还想喝酒，举办大规模的宴会？"

新神明们回答老神明们：
"亲爱的兄弟们，撒在伤口上的毒药
并不能称之为药，而任由幸福消失
才是最恶劣的眼病。
在伸手不见五指的地狱中，我们曾不停叫唤，
那时你们却在快乐中徜徉。
这回轮到你们尝尝下界的滋味了，
今天阿南刻的铁锹却挥向了上面。
轮子不停地转，终究有什么不一样。
上下必然是相辅相成的，正在发生应该发生的事。"

老神明们说："我们并不想对你们破口大骂。
你们幸福与否也与我们有关。

可是请相信：青年一代对生活充满了希望，
后世之人用丑陋的嘴脸讥笑我们。"
为了对自己的荣耀加以证实，
他们开始炫耀曾经的光辉，
叙述着各种英勇的行为、斐然的成就，
抱怨中有浓浓的思乡情。
他们要把杯中的最后一滴喝掉，
只是为了靠近故乡的味道。
"你还有印象吗？""你是否了解曾经？"
就像这样的种种，顺着金灿灿的记忆之路，
他们一脸微笑地诉说着曾经的难过与美梦。
一次千载难逢的机会就这样错过了，
他们难以忍受，不发一言。
他们毕恭毕敬，一句话也不说，
挨个儿把一朵蓝色传递下去。
拿到手的人通常会忠诚地单膝跪地，
一阵香味扑鼻而来。
谁如果把手上的花传给了别人，
就会扑到朋友的怀里放声哭泣不止。
看啊！这是一个多么奇妙的场景！
他们的泪水汇聚成一面镜子，

葱郁的奥林匹斯山都因此闪耀着动人的光华，

大地在阳光的沐浴下，绚烂多姿，

过去经历的画面一幅幅从眼前掠过，

记忆深深地祝福它。

人们对眼泪凝聚成的画面再熟悉不过，

其中也少不了悲悲惨惨戚戚，

导致连新神明们都误会

他们的离别是因为妒忌。

于是成群结队的人马从这里经过，

所有人都怨声载道地停下来。

"先知来了！"有人小声说了一句。

队伍中间马上出现一条通道。

"先知俄耳甫斯①来了！"有人一语道破。

还把恐惧的缘由都说了出来：

"提到伤心，他是个孩子；

提到失误，他是个女孩。

先知就是这样的，可是他的眼睛吓人。

他的眼睛无法看到微小的和近处的东西，

_____

①俄耳甫斯：希腊神话中的诗人和歌手。擅长演奏竖琴，演奏时，连最厉害的动物都会低头，频频颔首。

也不能自如地玩苹果。
他目光呆滞，
似乎一直在眺望远方，
事实上是看向内里，看心灵的动向。
目光从岩石和矿藏穿过，
抵达世界的核心、永久的心脏，
去聆听喧哗中被掩藏的事实，
去看自己的羞惭是被什么东西所掩藏。
俄耳甫斯有一双非比寻常的眼睛，
可以从神灵沉默不语的地方，
从意外变成垃圾的东西中，
找到其中的精华。"

交谈间，他踉踉跄跄地过来了，
就像病人偷偷从病床前离开，
烧还没退，满嘴胡言乱语，
像魔鬼一样四处穿梭。
俄耳甫斯现在一步三摇地从远方而来，
一脸肃穆，沉浸在真理中。
他驻足凝望，
之后严肃地说：

"那块岩石，我知道是什么意思，

我是活过一次的人。

这画面再清晰不过！看那光线的交错！

这次我如履薄冰地站在这里。

发生的一切，我都看到了，罪恶之源是在哪里。

我是仅有的一个目击者。

噢！天哪！奇迹真是一个接着一个啊！

我闻到了永久的悲伤！嗅到了一个新纪元的味道！

是悲哀，还是劫数，我不知道：

强者接过弱者的手杖。"

他艰难地说完这些话，

像平常一样离去，

像一把古琴，散完了余音，

也像一个火山口，只剩下灰烬。

看着先知的背影，他们惊讶不已，也开始了思考，

似乎在病人的床前站立，听着病人发出声声哀鸣，

对于祖国的将来，他信心不足，

这时，闪电划过，一语中的。

他们眼一眨不眨地看着逝去者离开，

预感一场不幸将要来临。

他们大声疾呼，

想把痛苦压下去，让负荷小一点儿。

他们哭泣并诉说着死亡的安慰以及永久的宁静，

不满自身的不可毁灭性。

新娘赫拉（节选）

青年神明们时刻没有忘记瞭望远方，
他们的脸上写满了失意和疑虑，眼睛里噙满了泪水。
一颗无处安放的心灵想找到一个栖息之地，
他们的心中一直存着一个希望，
想要回到乌拉纽斯那峻峭的山石中，
回到沐浴在阳光下的天宫。
它周身灼灼其华，
还有美丽的姑娘在他们身后歌唱。
对于奥林匹斯那动人的景色，
那为了名誉和各自的利益而发生在他们眼前的战斗，
他们全然不在意，
不管是美丽的新娘，还是生机盎然的田野，
他们都义无反顾地转身，把希望寄托在浮云身上。

一天黄昏时分，民众中最有威信的裁判组组长

特米乌格老人和普里塔人阿歇罗斯

同平常一样，

顺着一条岩石小路来回踱着步。

他们准备走到尽头就返回去，

吸一口新鲜空气，

女侯爵的宫殿出现在他们眼前，

周围有高高的围墙和参天大树，

昂首耸立在山谷里。

聒噪的笑闹声、吹号声、杀敌声传过来，

来自于骁勇善战、自高自大的亚马孙人的战斗声

也传了过来。

普里塔人久久地、若有所思地

注视着他身边的人：

"假如女王拒绝婚事，

要赶鸭子上架，可不简单啊！"

对方深表认可，斜视着他，

特意用非常低的声调说：

"假如实行独裁政治，就很棘手了！

我担心事态会愈演愈烈！"

"他们此刻所秉承的勇敢和忠诚，

就是他们应该做的事。"阿歇罗斯这样说。

那些求婚者相互发誓、结拜，

之后一同过了马路。

看，他们在下面的沙滩上躺着，

心心念念着自己的家乡。

普里塔人的眉毛拧在一起，和朋友的手握在一起：

"上帝保佑，你赶紧看看这些正深陷痛苦的人们，

他们就如同没有生机的鱼一样，

面对着一望无际的大海，深沉地叹息！

难道我能把他们介绍给女王，

说他们正生活在水深火热之中？

我这样火上浇油，女王一定会怒发冲冠！

这倒还好！她现在还没有到最生气的时候！

她会讥讽，永远不会再原谅我们。

特米乌格，快帮帮我吧！借给我几个笑话！

想方设法出个主意，

如何让他们重振雄风，鞭策他们！"

特米乌格说："我已经束手无策了！"

于是他们去求助于阿斯克勒普[①]医生。

阿斯克勒普歪着头想了一会儿，

---

① 阿斯克勒普：希腊神话中的医药神，可以让人起死回生，后被主神宙斯用雷劈死。

最后想出了这么一个主意：

"就像燕麦粒里的魔浆

可以让马匹突然振奋精神一样，

让神明们在溢浆温泉里浆洗，

可以让他们拥有英雄般的气魄和男人的力量。

一开始，那群驽马还快快的，

忽然就疾驰在原野上，

叫嚣着，看上去心情很是愉悦。

溢浆温泉就具有这样的作用。

可以先尝试一下，你们一定会目瞪口呆，

他们所有人马上就会拥有英雄般的气魄。"

"那行，明天就由你带他们去泡温泉吧。"

次日一早，在他们三人的带领下，

神明们朝溢浆温泉走去，那可是滋身强体的良药。

才走了不大一会儿，速度就明显慢了下来，

大家的腿迈不动了，

哭诉着、叫唤着，

一起仰天长叹。

苦口婆心地抚慰他们，

说最起码他们已经出发了。

前面有领路人，后面有赶路人，

可他们就是缺乏动力，没有斗志。

嘘！听！那是什么声音？泉水喷发像打雷声一样。

"那是溢浆温泉吗？"——那螺旋状云雾蒸腾覆压丛林！

这是何意？——看，他们都开始疾步往前，

神明们纷纷开溜了。

就像牧羊人用一只盐手吸引来一只小公羊，

它蹦跳着、欢叫着跑过来；

又像用阿尔卑斯山的号角把一只小花牛吸引过来，

它也憨憨地回过头来。

嘿！衣服都被抛到了一边，赤身裸体。

他们跑到雾气最重的地方，

用鼻子猛嗅，

之后大口喝下温泉水，

这只能润湿一下他们干涸的嘴唇，

却无法让他们的需求得到满足。

当嘴里已被灌得满满的——太遗憾了！

他们只好用它来清洗身体。

一个猛子扎进水里，痛痛快快洗了个澡，

意犹未尽，再在水中跳起舞来，

欢呼声一浪高过一浪，

在水池的上空回荡。

就如同一大早被吵醒的鹦鹉，

那欢呼声在整个树林响彻，

他们在水中欢笑、嬉戏，

形成一股逆向的波涛。

每个人都神采奕奕、斗志昂扬，

掌声充满四方，每个人身上都是水。

十五分钟以后，

医生意味深长地告诫普里塔人：

"时间到了！赶紧回来！

物极必反。"

这时，有人在池子里请求道：

"怎么啦？" "太傻了吧，难道会出事？"

最后他们极不情愿地

慢慢爬到岸边，嘴里不停地埋怨。

他们踏在舒适的草地上，

低头穿好衣服和鞋子，

然后跪在地上穿袜子。

看，不管是身高、体重及力量，

现在的他们都有所增强，

衣服变小了，也不需要腰带了，

看来溢浆温泉确实有效。

"嘿！"帕拉斯①喊道，"赫尔墨斯，赶紧过来帮帮我！
我这钻石带扣太紧了！"

"今天是怎么了，我的胸部怎么变大了？
所有搭扣都裂开了。"阿佛洛狄忒②低声咒骂道。

他们觉得他们现在焕然一新了，

血液里流淌着温泉之水。

他们欢呼着下山，

眼里迸发着光芒，脚步铿锵，

有意把帽子戴得歪歪的，顽皮地拧眉，

手拉着手——"走开！"——齐步前进，

他们惊讶地窃窃私语：

"一样是神明，可就是不同于以前。"

---

①帕拉斯：希腊神话中的智慧女神和女战神雅典娜，诞生于宙斯的头颅，也叫作
帕拉斯·雅典娜。
②阿佛洛狄忒：希腊神话中爱与美的女神，在海中诞生，闻名于美丽，负责人类
爱情、婚姻、生育及动植物的生长和繁育。

赛　跑（节选）

次日一早，赫尔墨纽斯就再次宣称：

"今天的比赛项目是跑步。

谁要参加比赛，

请报名。"

他的话刚说完，身穿彩衣的差役们

就把申请者的名单送了过来。

"准备参加跑步的有这样三名高贵的求婚者，

他们分别是：

厄洛斯、阿波罗和赫尔墨斯。

大家都听清楚了吗？

请三位英雄赶紧出场！祝福你们！"

三位勇士出列。

"请你们往上看，那芳香袭人的小奥林匹斯山尖

你们看到没有？

你们要快速跑向山顶，

再折回来。路线就是这样。

你们会在山顶看到一个石头人，

他是用碎玻璃片制成的，

他的建造是因为政府的指示。

你们回来时，要带一小片下来，

作为你们去过的证明，然后交给裁判。

公平起见，

你们还是把身上多余的衣服脱下来吧，

只穿一件紧身上袄就行了，

听我口令，预备——跑！"

传令官赫尔墨纽斯话音刚落，他们就行动开了，

快速把自己的外衣脱掉，

他们抬起胳膊，干脆利落，

撑开衣服，然后套进去。

看到他们健硕的身材，

大家都赞叹不已：

"没错，他们合起来就是一片十全十美的三叶草，

我可不想对他们进行评判。"

有人才说完，其他所有人都应声说道："没错，的确是这样！"

赫拉看到小男孩厄洛斯，脑海里闪过一个念头：
"真是意外之喜啊，看他长得多俊俏！
根本上就是出身于尊贵之家。
他像个小姑娘一样光芒四射，
脸上光溜溜的，没有一丝一毫让人作呕的样子。
假如我一定要服从一个人，
我觉得他还不赖。"

传令官已经喊了两遍"预备"声，
等到喊出第三声时，大家才一同起跑。
快看，有人在前面做表率，
后面的人都蜂拥而上。
欢呼声从原野穿过，震耳欲聋。
野兽们被吓坏了，抽噎着躲进树林，
有人还以为是奥林匹斯的女侯爵，
命令大家狩猎。

他们一路向前飞奔，一开始还是在平地上，
很是轻松。
大家可以和参加比赛的选手一同前进，
甚至还有人戏谑着超过他们。

之后平原慢慢远去，开始变成曲折的小道，

蜿蜒的小路向上延伸。

人们累得气喘吁吁，

这么累可和奥林匹斯的习俗不吻合。

往往到一个新转折点时，

都有一大批人喘不过气来，躺倒在地。

剩下的人举步维艰，

坚持追赶求婚的人。

不计其数的逃兵从山坡冲下来，

最后只有三位求婚者到了树林里面，

陪在他们身边的是三名少女神明，

铿锵向前，不知疲劳。

不苟言笑的阿耳忒弥斯①迈着矫健的步伐往前走，

身旁的阿佛洛狄忒活蹦乱跳的，

帕拉斯像一股力道十足的疾风。

睿智的帕拉斯回过头，亲切地对姊妹们说：

"嘿，你们快看，太有趣了，

这林子里满是露水，鲜花遍地！

_____

①阿耳忒弥斯：希腊神话中的月神和女猎神，宙斯和勒托的女儿，阿波罗的姊妹。负责狩猎，看护妇女孕育下一代，庇护少男少女，以贞洁闻名于世。

尽管妇女们无法获得荣耀，

可是为什么我们不能继续参加比赛？

要是你们有和我一样的想法，

就让我们每人和一位英雄相伴吧。

试着给自己选中的人提供帮助，

让他脱颖而出。

赫尔墨斯是我的朋友，

阿佛洛狄忒和厄洛斯，他们头上都有金发，

阿耳忒弥斯和潇洒的阿波罗一队。"

"真棒！"她们齐声高呼，"我们都同意。"

就如同冬至时节，大家齐心协力把木柴搬来，点燃

友情的火焰，

忽然一位新成员加入了，

干柴上还有松香的味道，

热烈的火焰吞噬了它，发出脆响，

巨大的火焰向天空蹿去，

形成冲天的烟筒。

友情就如同让火烧得更旺的柴火，

战士们的斗志再次被激发出来。

帕拉斯大呼小叫着，频频使着眼色，

朝着目的地进发。

阿耳忒弥斯安静地跑在阿波罗前面，

不时扭头看他，脸上是友善的微笑。

阿佛洛狄忒和厄洛斯甜蜜地偎依在一起，

像双套马车并驾齐驱：

肩并肩，脸贴脸，

微笑着，洋溢着满满的幸福。

他们已经合二为一，

分不清谁的腰，谁的膝盖。

希拉斯和卡来杜莎翻山越谷（节选）

1

晨鸡报晓，将长夜驱散

繁忙的白昼即将到来

空气被晨光的低声细语唤醒

但仍然带有蒙眬的睡意

看啊，缀满露水的蔓草轻轻地

用细软而敏感的根须向前攀爬

希拉斯被清晨的风唤醒

他是飞毛腿哈密斯的亲人

他刚从幽暗的树林中走出来

历尽千辛万苦，受尽山鸟和蟋蟀的嘲弄

不过他总算到达了平地

啊，那时候，闪耀着钻石般耀眼的光芒

四处布满了熊熊燃烧的火把

天上的乌云都被火把点燃

阿波罗驾驶着金色马车

"希拉斯，山谷依然幽暗

你慌慌张张地是赶赴约会，还是

在躲避谁？"

希拉斯眨了眨眼睛，回答：

"亲爱的兄弟，不论何时

我们都是亲密的一家人

但你有你的爱好

我有我的兴趣

你享受空中翱翔

直上云霄

而我的心却牵挂着

绿色的大地和森林。"

2

他说完话后便转身离去

很快消失在森林中

他抬起头来模仿鸟叫

鹧鸪发出甜美的声音

婉转的叫声刚停下

多情的斑鸠

立刻用"咕咕"的叫声作为回应

天刚蒙蒙亮

美丽迷人的林中仙女卡来杜莎

已经走出森林，带来一阵香气

有的拥吻，有的窃窃私语

然后一起跑向前方

手拉着手，脚跟着脚

四周的空气如青春般清新

一排排的野花鲜艳娇美

到处都弥漫着浓情蜜意

作为对他们深情凝视的回报

看啊——

云朵在散步，小草在私语

四处芳香袭人

弥漫在情人的眼中

"心爱的人儿，听到那蜜蜂的嗡嗡叫

是羡慕还是愉快？"

"啊，卡来杜莎

我耳闻目睹过所有美妙的事物

但我认为最美妙的

是你胸中的轻声低喘

和踏在草地上的轻盈脚步

那声音和节奏像风笛般美妙

美得无法言喻——"

他们在森林中沉醉

一直到正午炽热的太阳挂在树梢

他们感到清新凉爽的水

于是跳到溪流中玩耍

除了清澈的小溪

树荫中的水池也清凉无比

他们在水中沐浴，然后躺在榛树林中休憩

他们的肩膀紧紧贴在一起

不知道过了多久

清新的微风才将他们唤醒

他们跳啊叫啊

到处都充满了鲜活的生机

最后他们又唱又跳

身影消失在树林中的小路上

3

黄昏来接下午的班：
"现在到我了！"
随后她展开朦胧的双翼
把紫色的斗篷铺上
于是天地便被黑暗笼罩了
诱惑藏在睡眠旁边伺机而动
他们在长椅上互相依偎
一起翻看一本地图册
"要是我在上面乱涂乱画，
你会不会生气？"
卡来杜莎调皮地问道
她站起来望向后方
在拱形树枝旁边
闪耀着神秘的光芒
原来是两位叫摩佛和潘达菲拉的少女
她们是牧神潘恩的同族姐妹
淘气的她们变幻成各种奇怪的样子
就算是空中的飞鸟和地上的野兽也分辨不出
先变成一只在空中翱翔的苍鹰

又变成一只在地上奔跑的小鹿

她们美妙的身姿

还同时出现在风中

诉说她们的心声：

我们是潘神的姐妹，

我们的心愿是

希望远方的人们都能够得到幸福

既没有天灾，也没有人祸

孩子和战士们一同玩耍

老人的脸上充满笑容

人们的生活自由、安宁、富足

永远这样生活下去

这时，突然传来了一阵丧钟

"这些会成真吗？"

——水车边的流水悄声问道

"怎么可能成真呢？

只是心愿而已

管他是摩佛还是潘达菲拉

所有梦想都会被现实打败！"

4

黄昏缓慢而悠长

情人手拉着手在清香扑鼻的草木中漫步

当他们走进梦境一样的山谷时

看见几位戴红帽的牧羊人

在暮色中放羊

他们感到一阵倦意，沉入了梦乡

淙淙的小溪

从他们身边流过

牧神潘恩神秘地

把像蝙蝠一样的翅膀张开

在树林上方飞舞

夜神用自己的纤纤玉手

让大地散发出芬芳

他们穿过丛丛花草

踏着月光回家去

这段回忆会变成珍藏在心中的美酒

而这时的别离

蕴含着对未来的希冀

别了，离别后只要心有灵犀

美好的向往就会实现

他们轻轻地亲吻对方

吻下的便是他们彼此的承诺

5

忌妒的火焰被他们的幸福点燃

人们造谣生事

想要把这对恋人拆散

希拉斯回到家时

藏在树丛中的小仙女

低声对他说：

"啊，希拉斯

那个风骚的卡来杜莎

是用眼神勾住了你

还是

用树胶把你粘住

还是

她的裙角有神奇的魔力

可以把你迷惑

让你和她缠缠绵绵

难舍难分？

智慧如你

怎么不张开眼看看

林中的仙女每一位都婀娜多姿

每一位都比她美丽

她并非绝世无双的美人

你尽可随意挑选

你英俊潇洒，勇猛过人

就这样和卡来杜莎一起

甚是可惜

来啊，快来吧

和我们一起

你肯定会感到无比的欢乐！”

希拉斯回答：

“不要急，听我慢慢道来

在卡来杜莎的脚趾上

有一颗小念珠

可以汇集阳光

转动起来会发出光芒

整条路都会被照亮

它发出的光比阳光还要迷人

我如果看不到它

就会失魂落魄

此外，她的口中

还有一个小巧的音乐盒

发出悦耳的歌声

让整个世界都弥漫着美妙的乐音

在人的心中激起涟漪

啊，我的心

被快乐填满

这就是她所独有的魅力

如果她脚上的光芒暗淡

口中的音乐停歇

我就会离开她

你们可以把我带回仙女之乡随意处置。"

6

回家的路上

雾气迷蒙的水边

一群森林中的神灵诱惑她：

"啊，美貌的仙女

每天你都和希拉斯一起

在山林中漫步

就像水车的两个轮子一样形影不离

你和他在一起

真是太草率了

那么多健美英俊的山林之神都爱你

愿意呵护你、照顾你

考虑一下吧

如果你愿意

我可以偷偷告诉你

有一个地方藏着无数的珍宝！"

卡来杜莎说：

"那我就表明自己的心迹

我们走过了无数的山谷

到处都是鲜美的野花和野果

我一刻不离地和他在一起

是因为喜爱花草的芬芳

在这些情趣方面

谁都不如聪明的希拉斯

走开，不要再拦着我

我已经说出了我的想法！"

"亲爱的，看着吧

早晚你会感到厌倦！"

"非也，
我们会一起携手前进
直到世界末日那一天！"
于是她战胜了种种纠缠和诱惑
从此走上了永恒之路

7

一天正午
这对恋人依靠在树林里
"看啊，看啊
树上有人刻的字
我要去看看到底刻了些什么字！"
她站起来走到树下
树上的字非常清楚：
"躺在树下做梦的鲁莽之人
小心些
梦中有着你们的未来
快远离这里吧，离开吧
不然你们会遭遇不幸！"
"对于这些警告我很感激
但当下的愉快才是最重要的

此外的一切都没有意义！"

她骄傲地笑道

然后回去抱着情人继续睡去

一直过了七天七夜

第八天醒来时，她的心中

才又浮现出那些不祥的文字

而希拉斯依然沉醉于

自己甜美的梦境

她却感到迷惑和惶恐

禁不住流下眼泪

哭声惊醒了希拉斯

"你究竟为什么这样伤心？"

他揉着眼睛不解地问

"不，我没有流眼泪

我没有哭。"

然后他们又出发了

"你今天究竟为什么

走路如此疲惫，缺少生气？"

"不，我没有觉得疲惫

觉得疲惫的是你！"

夜里月光如水一般沉静

归心似箭

他张开翅膀，向奥林匹斯山的方向飞去

卡来杜莎却被留在地上

她伸了伸懒腰

一阵孤独感和无助感袭击了她

她没忍住哭了起来

好想把心中的苦闷向夜莺诉说

哭声如泣如诉

充满了深切的情感和痛苦的绝望

树林中走出了一对姐妹

拉起她的手，抚摸着她的头发：

"姐姐是怎么了

是不是被希拉斯欺负了？

是不是他说了什么不中听的话

让你如此痛苦？

他是一个温柔体贴的人

怎么会这样呢？

姐姐为何这样痛苦哭泣？

究竟是什么原因？"

"啊，亲爱的妹妹

并不是因为希拉斯。"

她悲伤地哭诉

"我在一棵命运之树下

做了一个噩梦

在梦中看到了我的未来

我会被所爱的人抛弃

他走过我身边

但却没有理我

你们说我怎么受得了呢？"

"不要往心里去

只是一个梦罢了

何必自我折磨？"

"你们不懂，如果继续如此

我会死去

除死之外没有其他路可以走！"

"姐姐，你这样说未免太无理

我们是林中仙女

汇聚了天地精华

永远不可能死去

至多会变成香气和露水！"

"我宁愿变成香气和露水

也不想继续这样下去

宁愿让他忘掉我

然后再遗憾后悔。"

她渐渐冷静了下来

没有了泪水

也没有了柔情

纷乱的思绪逐渐清晰。

8

随后那对姐妹哼着歌

在蜿蜒的小路上逐渐远去

她独自徘徊在

冷冷的晚风中

心灵在何处可以寄托呢？

她的心四处飘荡

失魂落魄

她仍然无限牵挂希拉斯

"为什么会这样呢？

为什么会这样呢？"

她既焦急又痛苦

但什么办法都没有

心情越来越烦闷

痛苦使她哭泣起来

直到晨光在天边亮起

照亮了悲伤的大地

她感到被戏弄了

她轻叹道："唉

悲伤即将来临

亲爱的人儿，你如果对我还有思念

就来林中找我吧

不知道你那对欢乐的双翼

此时已经飞到了何处

可能在奥林匹斯山

可能在我无从想象之处

但我的心中却只剩下悲伤

唉，我的自尊心是多么低微啊

我已经对生命没有任何期待

除非能和你再相见——

罢了，罢了，

我还是走吧

不再自我折磨！"

随后她便跑进树林中

"要勇敢！"她鼓励自己

"这是无法改变的命运！"
生命就算再美妙
有时也不得不忍痛割爱
这是谁也无法改变的命运！

9

霞光布满了天空
一只光彩夺目的火鸟跳出海面
它用尖嘴梳理自己闪耀的羽毛
枞树丛在它的照耀之下变成了红色
它站立着，扫视着这个世界
然后张开嘴，唱出清亮的歌声
这声音洪亮如钟、沁人心脾、回味无穷
此刻，它突然说出了人的话语
声音铿锵如金石：
"你是否知晓？露水带来了消息
一双神奇的手在草地上
留下了带有信息的露水
直到她能够从这特殊的痕迹中
识别出传达的情意
那是只属于他们彼此的暗号

其他人无法读懂

只有在她的眼前

那些神秘而神圣的符号才会显示意义

在清晨第一道曙光中

她仔细识别这些信息

读到的是：

'我们的最后一面即将结束'

她的心飞快地跳了起来

为了控制情感，恢复理性

她马上除掉了这些符号

在那望着你的灼热眼神之后

有一个怎样的灵魂？

听啊，

潮声从'光之子'那里传来

夜晚在山谷和原野上飘荡

他被困在遥远的沙漠里

向囚笼之外恳求援助——

每一天，每一刻

他都指天发誓，说他仍然深爱着

奥罗莎

那个天真可爱的奥罗莎

他和心爱的人无法相见
于是写下了动人的诗句
哀伤而婉转
痴痴地望着她所在的幽暗森林
随后他自己也消失了
这个世界对他来说是真实的
而对她来说不过是一场梦而已。"

10

之后
火鸟高声唱了起来
歌声在森林中飘荡
歌声一停
希拉斯的叫喊声从山顶上传来：
"卡来杜莎！卡来杜莎！"
洪亮的声音回响在空中
这时
心慌意乱的她在林中
一边拼命奔跑
一边心中燃起了一丝希望
她随之停了下来

在一株倾斜的小树面前
伸出双手诉说心中的情感：
"啊，我的父亲潘恩，
我，林中仙女卡来杜莎
请求您的帮助
请您快快现身吧
帮我把痛苦消除！"
刹那间，潘恩真的出现在她面前：
"你到底为什么痛苦地哭个不停？"
她内心的千万种情感只变成一句话：
"我想变形，死去！"
"如果死去，就失去了所有希望、力量和意志
死去之后无法复生！"
"我的父亲，这些我都明白
但请您同意我的请求吧
我实在受不了这样的痛苦了！"
"好吧，那跟我说吧
你想把灵魂幻化成什么样？"
"我想变成最灿烂的光芒
照亮整个世界
让希拉斯对我更加爱慕与渴望。"

"好吧，卡来杜莎，
过来抱住我的肩膀。"
"可是，仁慈的父亲
我既担心又害怕！"
"你无须担心，也不用害怕
这不过是用生命来较量
你的形体不会消灭，也不是真正的死亡
只是让你体验与痛苦斗争的滋味！"

11

斗争是那样激烈
潘恩的肩膀是那样强壮
卡来杜莎美妙的躯体被撕裂之前
她的灵魂被彻底释放
她幻化为无限的存在
不在此处，也不在彼处
而是无所不在
甚至抵达遥远的天边
然后，她使他看见
自己那顶多星皇冠
"嘿，希拉斯，我在这儿！"

她的双眼变成了闪烁的星辰

希拉斯无法抬头注视

只能痛苦地哭泣

此刻，摩佛和潘达菲拉从树林中出现

她们是奉潘神之命而来：

"希拉斯

我们帮你与恋人相见

相信我们的魔力，不要乱动！"

随后，摩佛用她闪烁着亮光的手指

抓住他的双手

潘达菲拉严厉地喊道：

"闭上双眼！"

然后对他的眼皮轻吹一口仙气

随后吩咐："睁开眼吧！"

一片温柔的光芒中

他真的看到了心爱的卡来杜莎

但一瞬间她就消失不见

他伸出双臂想要跑向前去

但是，可怜的人啊

他再也无法触碰那闪耀的精灵

更无法寻回美妙的往昔

她四处将他躲避
任凭他翻山越谷地追寻。

12

时刻不停的相思
让他疲惫不堪
为了心中的恋人
他不辞辛苦地走遍了山巅谷底
当他看到那温柔的光在刹那间消失
当他从光线中听到：
"过来吧，希拉斯，我在这儿！"
她往日的话语便时常回响在他的脑海里：
"我们经历越多
彼此的心靠得就越近！"

伊玛果

审判官荣归故里

"等车停稳了再跳！"

维德在想专门搬运行李的服务生在哪儿呢？这真的是我日思夜想的家乡？看着乡间警察散漫地踱着步子，我猜想他昨晚的确没睡好。

"您有大件的行李吗？"

和所有地方一样，这个火车站平平无奇，包括衰败的房屋也是如此。是不是所有地方都是这么杳无人烟，没有任何引人注目或焕发勃勃生机的地方？啊！这才刚九月呢，怎么就刮起了凛冽的北风，到处弥漫着灰尘呢！不管怎样，有一件事他还是确信无疑的：那就是在这种恍如隔世的偏僻的野外，他已经不会再受到爱情的吸引了。

他正沉醉在自己的世界里，可是那位愚蠢的服务生却不断地打搅他。

"能否劳驾您一下？"维德问。

"请您围着廊柱慢慢走一圈，看看得几步？"

"六步？好的，谢谢。假如您还愿意的话，我们现在接着走。"那位小人物明显惊呆了。在这以后，一路上他都闭口不言。

刚到旅馆，维德就拿了一本全市市民名录①和住址过来。她现在叫什么？我想应该是魏斯主任太太，真是个不忠的女人。什么主任？铁路局、银行、水泥公司，有各种可能的主任！好，我现在就开始找她！啊！找到了。她就安然无恙地在她丈夫后面躲着。魏斯教授，市立博物馆暨艺术学院主任、郡立图书馆的主任委员、孤儿院理事，明思特街六号。

哎呀！这么多头衔，还一个个都这么厉害！真是匪夷所思！我宁愿他是个银行家。可是不管怎样，这位先生确实受到过良好的教育。不知为何，尽管我不能直接说这位先生肯定很荒谬，可是在我的想象中，这位可爱的丈夫，一定是一个平凡无奇、身材瘦弱、经常会犯迷糊的人，但是错绝对不在我。

那么明天早上，前往明思特街六号。毋庸置疑，我那位美丽的女士，你无论如何也不会想到，你的审判官来找你了。

次日一早，在规定的拜访时间内（大约十点钟左右），我往明思特街走去。看到我来到她身边，她会有什么样的反应？也许会有这样两种反应：一种是踉跄地从室内走出来，或面部绯红之后克制一下，怒视着我的脸。假如是这样的话，我就会让她想起我们之间的回忆，让她抬不起头。等到她的头低下去，我就开始朝她那位空心大老馆的丈夫发动进攻。

"我最亲爱的先生，您肯定很疑惑，刚刚我和您的夫人在表演什么让人捉摸不透的歌剧。当然，我已经想好如何向您解释了，可是我

_____
①在瑞士，每个城镇都有居民的名录。

觉得由您的夫人解释给您听，这样和我的绅士风度才更相符。"

"她是我的债务人，可是我并不会指控她。让她自己跟您说，为什么我是她合法的，也是更合适的主人。而您，这位尊贵的先生，只是我的代理，奉行我的指令，替我办事。对于我的大度许可，你还应该表示感谢呢。现在，您可以放一百二十个心，因为我的沉默，你在这桩婚姻中的专利权是得到承认了的。我知道我的角色有多大的权限，应该保持什么样的风度。我不会对你们的婚姻或幸福产生影响的。您家有纯青的炉火。向您致意后消失就是我的职责所在。主任先生，我的消失对于您来说，到底有多么重要，您会逐渐领悟到的。这是我仅有的一次，也是最后一次来拜访您。对于我来说，这也是绝无仅有的一次，以后不可能再出现。我非常虔诚地鄙视尊夫人。她就在那里躺着。她的身体反应已经把她的罪证显现出来了，如此一来，我就心满意足了。可是如果您依然不满意这样的解释，我可以把我的地址留下来。明天一整天，您随时可以来找我。"对，我就这样跟他说。十四号！哈哈，我怎么一不小心走过了？倒回去！第十二，第十，快要到了，第八，挨着的那间就是。是的！就是这座精美的小房子。这里好干净啊，好可爱啊，开放式的窗户上还挂着蕾丝窗帘。有谁会想到，这里面竟然隐藏着假惺惺？鸟叫声，孩子的笑声——孩子？为什么会有孩子？是我弄错门牌号码了吗？没错啊，就是这里啊。也许这里住着不少人吧？

看到门牌上的"魏"字，他的心跳开始加速。"冷静一点儿！镇定一点儿！觉得忐忑的应该是她，而不是我啊！我是……她的审判官。"按响门铃以后，他快速跳到楼梯上面。

"很对不起！"女仆优美的声音响起，"主任和夫人都不在家。"他本来为这次到访准备了多种应对方案，可是"没在家"却是他意料之外的。他去拜访别人，而别人刚好不在家，是他极其厌恶的。

"出去了？"

她竟然敢在大白天和"那人"一块儿出去？当然，这是她的权利，可是这不只关系到权利，还关系到廉耻和名节。

"这是我的名片，我下午再来。"

"今天下午，主任和夫人也许也不在家。"女仆接着说。

"她——不——可——能——不——在——家！"他一字一顿地说完以后就离开了。

这个女仆太恶毒了！特别是她说"主任夫人"时，更是让人生厌。下楼梯时，他和一个邮差撞了个满怀。

"有封明信片是给主任夫人的。"

那个邮差竟然也对她冠以这样的称呼。看来清醒的只有我一个啊，他们都被世俗奴役了。假如我和她成亲，他们称呼她时，就会冠上海铁姓氏。

他从口袋里把怀表取出来："十一点半。"在吃午饭以前，正好可以去拜访一下石女士。不过说老实话，她家在玫瑰谷区，和明思特街相距多远呢？可是如果走快一点儿……

他的脑海里再次涌现出温暖的秋阳下的翠菊，他不由得加快了脚步。一想到要和这位老朋友重逢，他不禁咧开了嘴角，渴望也愈加强烈。可是刚走到花园前，他忽然停了下来。

"也许她出去了呢！"

一大清早，你就遭受了这种不幸，接下来只会更加不幸。不！奇迹出现了！从楼上传来一阵愉悦的声音。她沐浴着友谊的光辉，向他走来。他们差不多要相拥在一起了，她双手紧紧握着他的手。

"我还以为我看错了呢，真是你啊！快坐下来跟我说说，你最近如何？"

"我怎么知道？"

她不由得笑出了声。

"这才是你的本来面目，还是老样子。跟我说说嘛，说什么都行，你只管说就行，我就是想听听你的声音。这样，我才真的确定你就坐在我面前，而不是存在于幻想中。"

"你的世界里，梦想和现实总是难以分清。如果你现在消失在我的眼前，我也觉得很正常。"

"我的思想是跑偏了。"她戏谑着说，"我的思考都是断断续续的。"

"你需要我转一圈证明给你看吗？"

"不！我还是拉着你的手比较好。现在我得牢牢把它们抓住，以免你消失了……不！好神奇啊！你什么时候到的？"

"昨天晚上……可是，你知道吗？你越来越有魅力了。还有，你的着装永远是脱俗的。"

"好了啦，不要再说了，我已经三十二岁啦，跟个老寡妇一样。我要怎么评价你呢——看上去，你越来越有自信了。"

"我甚至是自负的、爱探险的，还喜欢鸡蛋里挑骨头。我是积极向上的。"

"就是这样，你应该一直保持这个样子。那么，你是不是准备做一件大事？噢！我好期待啊！"

"唉！关于这……"他叹息着说，一脸愁容地看着前面。

"假如你再露出这种愁容满面的样子，"她笑着说，"我是不会给予你半分同情的，这是胜利后的烦恼还是完成大事以后的虚无？"

远方教堂这时传来"咚——嗯——"的低语。

"你知道吗？"她讨好似的跟他说，"明天下午过来喝杯茶吧，就我们俩，行吗？"

他非常想同意。可是很快，他又想起了他的约会。

"很对不起，我明天下午有事。"他遗憾地说。

"唉，你看看！昨天晚上你才到，今天的行程就已经安排好了。可是，有关你的私事，我觉得我问太多不太好。"

"事实上也不是什么私事——"他有点儿幽怨地承认，因为他想把他的怯懦展现出来。

"——对于你来说，更算不上什么秘密。事实上，两点钟，我要去一趟魏主任家。"

她看着他，脸上写满了惊奇。

"你为什么会在这家大家都认可的'社会道德公开的庙堂'里找不到方向啊！"

"你和主任先生认识？"

"不认识，只和他的太太认识。"

她的脸色刷的一下就变了，表情也没有原先那么热情了。

"我就知道，我应该早就预料到的。"她不再看着他，"四年前，你们在一个避暑胜地见过一次，就那么萍水相逢了一次，时间也就一两天吧！"

"萍水相逢？"他的音调陡然提高了好几个分贝，"你应该知道的呀，你为什么还要这么说？也就一两天，你什么意思？几天？你的生命是用日历来计算的吗？我觉得相比波澜不惊的几十年，生命中的几个小时更加珍贵。这几个小时就是永久，就如同真实的艺术作品一样，甚至会随着岁月的流逝更加珍贵。把这种美创造出来的艺术家原本就是这种精神的祭司。"

"实际上，这种艺术依然会被人们忘却，散落在岁月的长河中，变成过去。"

"'忘却'这样的字眼我拒绝接受。对于'过去'，我更加没有耐心。"

"可能你的想象是这样认为的，但他人的欲望在现实中得到满足以后……你相信主任夫人确实希望你去拜访她？假如你没去，她会觉得很可惜？"

"当然，我不相信她会觉得可惜。因为不管从哪个方面来说，对于她来说，我的拜访都是不受人欢迎的，而且我也没想过让她高兴。"

石女士有一会儿没有说话，之后大声地，又像自言自语地说："漂亮的索伊达已经结婚了，而且生活得很幸福，她就像一块面包被人切掉了一样，不可能再和你喜结连理。她的丈夫受过很好的教育，素质很高，她爱她的丈夫，她的丈夫也值得她爱。他们还有一个像天使一样可爱又调皮的男孩，头发黑黑的。孩子个性偏执，像他的母亲一样，如今刚开始学说话！——不如就让这一切随风飘散吧。也许这一切对于你来说并不重要，可是对于一个母亲而言，却是极其重要的。此外，她还有好多亲戚朋友，大家的关系都很融洽。她在这群人中游刃有余非常快乐，而且她还有个怪才哥哥，名叫克特。她敬仰他就像敬仰神一样。"她停顿了一下，脸上不由得露出微笑。"对了，顺便提一下，我刚想起来，今天下午她和合唱团一起去乡下了，不会在家。"

"不可能，她一定会在家。"

"既然你这么笃定的话，那我无话可说。"之后，她换上了一副极其严肃的表情。"亲爱的朋友，你老实跟我说，你到底想要魏斯主任夫人做什么？"

"不做什么！"他很生气地回答道。

"最好是这样，要不然，你会收获彻底的失望。那么，下一次吧！你知道的，我这里随时欢迎你——"她帮他把门打开，再次加强语气说，"漂亮的索伊达已经是别人的妻子了。"

她非常清楚且居心叵测地反复提醒道，因为打死她也不会相信他会放弃执念。"噢，不，亲爱的。对于娶这位才貌双全的女子，我已经完全没有想法了。"她最近就在做这些事：生小孩？那么，尊贵的女士，可不要因为我而坏了你的事。孪生、三胎生、一打小孩，就当我这人根本不存在好了。反正，不管你怎么做——等等，等等，我说我对她无所求，其实不太准确。我得纠正一下，或者说明一下，我要马上给石女士送一张便条过去，对！就要电梯中的那位矮子充当信使：

"我亲爱的朋友，必须纠正一下：不是'完全'无所求，我要她在我面前低下头来。您诚恳的维德。"

霎时间，饭厅里人来人往，好不热闹。维德有时看着窗外，有时盯着墙上的画作移不开眼，一直到午餐被端上来。当维德看到一个黑色相框的政治家的头像时，他停了下来。这是一张刚硬的脸，五官有魅力、有智慧，似乎是木头雕刻出来的。用一种大无畏、责任感强烈、膨胀的自信，聚精会神地看着你，让你无法招架。当然，上面的名字是有点儿模糊的。他不习惯于给人下结论。和他人打交道时，他也不太会发表自己的观点，或者有意和他人作对。他艰难地把这位大人的名言拼了出来："所有的都从小学开始。"没错！真是一副做作的老人应该有的样子。他长得倒是很像会说这种格言的人。世界只是一所大学校，生活的目的就在于接受教育和传播教育。事实一定要兼具智慧的风貌，智慧一定要有智慧的韵味。他依然专注地打量着政治家。这时，一个人发现了他，也发现了他所关注的那幅头像。

"这幅头像确实很不一般啊。"那人不无羡慕地品评道。

其他的客人都纷纷围拢过来。人群中再次响起敬仰的评语："真是一位杰出人物的头像。"

他肯定是个举足轻重的人物，而且颇受人敬仰，因为他们一直到坐下来，都在对他津津乐道。在这些议论声中，他的姓时不时会飘到他的耳朵里。——索——等等，你听到他们议论的是谁吗？——索——她之前不是这个姓吗？也许是她的一个亲戚。

"他有孩子吗？"一个人小声地问道。

"有，一个儿子，一个女儿。"有人回答道。

"儿子似乎没多大成就，我不太了解，是个诗人。女儿和那位著名的魏主任结婚了，是个不凡的女性。只要她从街头走过，所有人都会对她行注目礼。她的皮肤像南方人一样黑，身材高挑而尊贵。她的祖母是意大利人，奔放、豪迈——和一个魔鬼无异。可是她却积极向上，从不会逾越社会的各项道德规范半步。在她的身上只有优点。她和她已逝的父亲很像，爱国，充满热忱。"——这个头像是她父亲的？理智呀！清醒吧！好好想想吧！当你眼前出现这种无可辩驳的事实以后，你应该可以联想到不少事情。可是他的理智才刚浮出水面，就又沉下去了，就如同一只躺在街边的狗，听到送牛奶的声音会抬起头看一眼，之后又继续躺着了。"对于我的理智来说，这种事实愚不可及。"

吃完后，维德向领班打听，在哪里可以看报纸。

"在离火车站不远的地方有一个叫'咖啡笑话'的咖啡店，您可以去那儿，如果您不知道路，随便一个小孩都可以给您带路。"

　　咖啡店的大厅里，人满为患。可是他依然在窗边找到两个空位置。来往穿梭着很多人，可是他面前的位子却始终没有人坐。

　　这里和其他任何地方都没有区别！维德，这是毋庸置疑的事实，你毫无吸引力。

　　——真是贻笑大方！这种想法太奇怪了。我信任的守屋者①在哪儿呢？为什么不呢？也许这位读报纸的人就是，也许坐在后面的那位脸像羊一样、有一头微秃的黑发、戴着两个镜片式眼镜的人就是。他怎么可能是阿杜那斯呢？就算你爱他爱到骨子里，他也不可能变成阿杜那斯。他看起来没什么精神，只有做教授必需的那一点儿精神。守屋者，守屋者。假如我可以规劝你的话，我希望你不要对书中所讲的过度依赖。否则在一个暗无天日的早晨，你会被裴诺天后叫"讨厌鬼，无聊博士"。实际上，按照一般的套路，他应该主动过去问候他，伺机嘲弄一下他。只要我可以确定，这就是他。哎，不管怎样，等一下就见分晓了。两点十分，还有四十五分，这时间可真难熬啊！——哈！走进来一个多么尊贵潇洒的人啊！少女们都想嫁的白马王子！一个可以往上攀登的人物，是一个非常尊贵的银行提款机。假如我会唱歌，我就要放声歌唱了：他是最杰出的，拥有丘比特的头发，在看到这位动人的海克力斯②时，我不由得想到了红心老K。哇！少女们要痛哭失声了！他已经结婚了，而且做了父亲，看上去一副很满足的样子。他是多么谨慎地脱外套的呀！

---

①屋主不在家时，守屋者就是帮忙看顾屋子的人。

②海克力斯：宙斯的私生子，是个大力士，单独做过很多伟大的事，是希腊神话中有名的英雄之一。

之后完美的白衬衫呈现在众人眼前。现在是——我相信他是走向我这边的！欢迎！您这位出类拔萃的人！红心老K礼貌性地坐了下来。他把雪茄盒子拿出来，递到我前面："我可以冒昧地请您抽吗？"

"谢谢！我不抽烟。"维德说。可是他那个绣花烟盒子太精致了，一看就出自于他太太的手。红心老K仪态万千地把插图杂志拿起来："我可以——"他边看边用手敲击桌面，他的手指保养得可真到位啊！红心老K似乎对手里的杂志饶有兴致，正全神贯注地念着。可是维德却宁愿和他交谈。显而易见，红心老K很满意他的午餐。

"你不是本地人？"红心老K用略带忧伤的语气说道——他那低沉的嗓音似乎要对开场白加以强调一样，"我们这里对话都是用粗鲁的方言，对于你来说，应该不好懂吧？"

"我是本地人。"维德言简意赅地打断了他的话，"我是在这里出生的，从小也是在这里长大的，只是我一直住在外地。"

"这样更好，我就有这个荣幸，向一位同乡表示敬意了。"这番交谈结束以后，他又开始看杂志了。他的脸上写满了满足。他似乎在回味婚姻的乐趣。

品尝过快乐以后，红心老K把杂志上少年维特①的照片指给他看，"你有什么看法？你相信在这世上，还存在这种疯狂式的恋情吗？"他忧伤地问道。

"在自然界！这不是很正常吗？"维德回顶了他一句。

红心老K笑着说："是的，这得看如何定义自然界了。因此你确信——在我们这个现实年代——"

"哪有什么现实年代。"

"假如你非要这样说，那我就不说了。可是你不得不承认，每

①歌德的著作《少年维特的烦恼》的主人公。

个时代都有自己的独特吧？打比方说在这个时代是特色，到了另一个时代就会让人觉得不可思议了。之前的心理状态到了现在也是一样。您可以想象——打比方说：施洗者约翰，或我们一定要学习这上面的少年维特，或身穿高领的圣芳济①——噢，很对不起，我无意冒犯您，不，千真万确，您一定要相信我，我没有想要冒犯您。"

维德露出一个抚慰式的微笑后说："对于施洗者和圣芳济，我倒没什么意见。可是圣灵现身是因为吃了蚱蜢，也许忘形的境界也是因为穿了高领。我宁愿不相信这样的事是真的，可是如果我的消息属实的话，维特就是由一位天性喜欢穿好衣服、贪慕虚荣、做作的人创造的。"

两人之间有很长时间没有说话，有个想法涌上维德的心头，而且他越想，这个想法就越是挥之不去。终于他用细不可闻的声音问道："你认识魏斯主任吗？"他刚把这句话说出去，就觉得全身滚烫。

红心老K一脸吃惊地看着他："当然，为什么？"

"他这人什么样？他这人什么格调？我的意思是他长什么样，是高个儿还是矮个儿？是老还是年轻？是讨人喜欢呢，还是让人厌恶？不管怎样，从他的头衔上，谁都可以猜出来他受过很好的教育。"

红心老K一脸笑靥："他和很多人一样，身上也有很多不足之处，而且有可能，最起码，我自己也很骄傲自己身上有很多优点，请允许我先自我介绍一下，我就是魏斯主任。"

气氛愉悦、反讽，但还算可亲。维德很擅长应对这种感情状态，他马上不自觉地把手伸出去。对方也非常热忱地和他握手。两人间就这样产生了友情的盟约。

_____
①圣芳济是用乞讨的方式帮助人的修士。

维德也做过自我介绍以后，主任兴奋地说："很明显，今天早上到我家拜访的那位先生就是你了。我们很真诚地对你表示歉意，并深表惋惜，特别是我太太。我相信，假如我的记忆准确的话，你们曾经在海边的游览胜地见过。"

"不是在海边，而是在山上空气清新的疗养胜地。"维德有点儿沮丧地说。

"很不巧，她必须再出门一趟，无法亲自来迎接你。因为她事先和合唱团的妇女约好了。我刚刚从车站回来，希望你不要太沮丧。假如你对我的叨扰不介意，那么，我邀请你来参加我们的理想社，你可一定要来啊。你不需要太囿于礼法，穿成你现在这样就行。顺便跟你说一句，这个理想社的荣誉社长就是我太太。"

"理想社？"

"对，是的。你看我这脑子，我都忘了，你对这件事一无所知。"说完以后，他像一个运动员在往前冲时先往后退了几步，之后激情澎湃地说到了这个社。"这是为了追悼我已经死去的岳父。氛围轻松、不拘泥于任何形式、仪式和服装都不固定，也不存在什么虚伪，也不存在中规中矩的晚餐，单纯是为了培养内容更丰富的社交活动，让每个社员的精神生活都更上一个层次。一天的辛苦工作结束以后，可以让自己放松放松（我一定得说明一下，二者是和谐一致的）。当然，这种场合会配乐，其中音乐占了很重要的位置。——参加的朋友、在何处聚会，以及聚会怎么安排等事项，一般是周一、三、五聚会。"

他在讲话时，维德听得很专注，可是同时，他也非常专注地观察他的眼睛。他审视着这位照顾房子的人。为什么他会觉得对方是个愚笨之人？这位红心老K根本不是那种喜剧人物，他目瞪口呆地看着眼前人，呼吸都快停滞了。现在你应该觉得高兴，他竟然是一个仪表堂堂的男子汉，是一个值得骄傲的人。维德发现这所有一切都在有条不紊中进行，很明显，她爱他。事实上，维德从一开始就没有过任何痴心妄想。上帝不允许他产生这种想法；反之，假如情况并非如此，那么终有一天，维德觉得会出现不少麻烦事。对于她来说，梦乡之会是没办法回忆的。因为她竟然清楚他要来拜访她，不惜跑去那么远的地方。不然，这个女人完全没有羞耻心。

"你也爱好音乐剧吧？"红心老K的声音再次响起，"或者你也喜欢音乐，对吗？"

"我相信是这样，可是我还不能决定，还要再看看。"

教堂的钟声敲响了。

"三点了？"红心老K迅速起身，"我讲话把时间都忘记了，我必须马上赶去博物馆。——那么，我希望可以在理想社和你再次见面。"

红心老K迟疑地和维德握了一下手以后，快速离开了。维德在后巷走来走去，一颗心已经跌到了谷底。多少次，他都跟自己说："维德，你要开心一点儿。"可是完全没有帮助，他依然觉得灰心。"刚才发生了什么很恐怖的事情吗？没有啊！"可是不管他如何宽慰自己，他依然觉得很受挫。他从城市走过，一直走到城外，直到再也走不动了，才停下来看看这座城市。之后返程。他躺在床上，尽情舒展自己的身体，才觉得舒服一点儿。这一切以后，他希望他的身体"健康"。

"同志，谢谢你！"维德的声音说。他一向把他的身体叫作同志。因为他和他的身体一直都相处得很融洽。

在他的身体得到最大限度的舒展以后，他发现桌上放着一封信。从自然情况来看，这封信已经被放在这儿很久了，似乎是石女士写的。

"你这个恶毒的人，魏斯夫人为什么要在他人面前低头。我会马上到你这里来，好好痛骂你一顿。想想怎么自卫吧。"

"我今天才知道，你竟然是这么让人讨厌的人。"她一来就发动猛烈的攻击，"你在被告的椅子上坐着，好好反思一下自己吧。你要向主任夫人索取什么？"

"通奸。"

"你理性地再说一遍。我们彼此的交谈是理性的，我的意思是这样，不用再解释——"

"她毁坏了婚姻——"

"我亲爱的先生，我必须非常郑重地和你谈一次。因为这关系到一个完美女人的名节，我坚信我不能再让你的良知沉睡了，你们有订过婚吗？"

维德精力充沛地把这利剑一样的语言拔掉。他不发一言。

"你在想什么？打比方说，是不是有像订婚或订婚等同的仪式这样的爱情证据。这些最起码会匡正你的结论——甚至一个爱的诺言？契约？一个象征？一个吻？我不知道，什么事都可以。"

维德再次把这柄利剑拔掉。"没有，什么都没有。"

"你的方向完全跑偏了，你们只说过两三句没有任何价值的话。我刚好就坐在她的桌旁，我们一起拔了些草，她唱了一首歌，就这样。或者你们互相通信了？"

"没有。我放不下我的尊严，此外，她也很谨慎。女人经常会在书信往来中忘情，而且她们会一直记得她们所写的。"

"是啊！那你们究竟发生过什么？你必须给我解释一下，我这颗匮乏的脑袋已经无法理解了。"

忽然，他的脸色变了，表情变得极其阴郁、古怪，似乎有鬼出现了一样。

"我们在遥远的梦乡有过一次极其私密的见面。"他的声音都开始发抖。

"很对不起，我一直很严厉地苛责你，可是主任夫人也跟我说了一些事。而她一直以来都是个诚实的人——"

"我也是个诚实的人啊！再回过头来说一下这个私密的见面，我不是指身体上的触碰。"

完全没有关注到维德的表情，她在挪她的椅子，听到这句话，她马上把头抬了起来，怒目而视。"不是身体上的触碰，我期待你不是说……我了解这些事做什么？"

"你的了解没错。你不要激动，我是正常人，这是灵魂之间的契合！我和其他人一样，对周围发生的事情有敏锐的观察力。你为什么用这种眼光看我？不相信我？你觉得人在什么情况下会想得更多？是在脑海中空空如也的情况下，还是在饱读诗书的情况下？我是指看到的幻象。"

"幻象你也相信？"她几乎是在大叫。

"比方说所有事情，若你会有梦想、有憧憬、有回忆。在艺术家心中一闪而过的意象，都属于幻象的范畴。"

"请不要狡辩，严肃点儿来说，当当事人身处回忆或创作过程中，他们很明白对象是幻象。"

"我也明白。"

"谢天谢地！我终于放松一点儿了，刚刚听你那样说，我几乎要以为你所说的幻象已经对你的现实生活产生了影响。"

"实际上，我现在所做的，就是被幻象所影响的。"

"不！万万不可！"她高声叫道。

他向她表示感谢。"我觉得很对不起，可是我已经这样做了。"

"可是，你这样做太出格了！"她尖叫道。

维德笑着说："你跟我说说，什么叫出格？相比外在的经验，我对内在的经验更加关注。我让自己被内在经验所支配——意识？神？还有出格？当一个人在内在经验中受控于神或意识很出格吗？"

她惊呆了，没过多久，他的话语直中她的心窝儿，可是维德依然想坚持，继续说道："仅有的一个不同点就是在追逐幻象的过程中，有的人看得很明白，有的人却很糊涂。我一定要看得特别真切，像画圣母升天的画家一样准确才行。'上帝的手指''神的眼睛''大自然的声音''命运的招手'——这些被撕裂的博物馆，我要如何解决？不管怎样，我要看清它的整体面貌。"

"胆量和勇气全无，"她沮丧地叹息，"你根本上就是在敷衍。相比我这个柔弱女人的脑筋，你这种深奥的想法要强得多。我不想被牵涉到这个范围里。对于你的决定，我深表遗憾，也觉得很难过。"

维德把手搭在她的肩上："这个千真万确，我最高尚的朋友。你根本不了解我，也不让自己听懂我善意的提醒。为了证明索伊达先和我有过约定。你不要不承认，你依然有结婚、不结婚的那种想法——觉得我之所以置人生的幸福于不顾，原因是我对婚姻感到惧怕，你发现没有，你竟然在点头呢！"

"现在还看不出来这些。"她温和地说道。

"不！我的确很胆小、怯懦，因为不能下决定就是胆小，是意识上的胆小。但我真的忍受不了我自己了，也忍受不了你用这种错误的眼光看我。所以，我要跟你说我辩证的方法。你做好准备了吗？"

"我准备好听任何事情。"她把头低下去，轻声说道，"我不用惺惺作态。可是说到这个话题，我还是很难过。而且我也不清楚把一些老故事再讲出来，有什么意义。另外——假如你想要——"

"不是我要，而是我不得不！"维德变换了一种语气开始说，"我之所以没有抓住机会，不是因为害怕，也不是因为愚昧。当幸福温柔地从我身边走过时，不是我没有一把抓住，而是我非常清楚自己所做的决定。我是经过认真思考以后，艰难做出来的选择，对于我婉言谢绝的幸福，我尤为珍视。我的决定不是草率的，是具有大丈夫气魄的。现在我要跟你说我是如何做决定的。"

这些话说完以后，维德停顿了一会儿，深呼吸了一次，可是这一口气绵延不休。她抬头看着他。因为内心的狂风暴雨，维德的身体止不住地在颤抖，牙关紧闭。

"不！我不能把我的故事讲给你听。"维德终于艰难地把这句话说了出来。这话实在是重如千钧，以至于他都快要站不稳了。

"哎呀！"她快速跳起来，把他扶住。

可是没过多久，他就恢复如常了。

"我的决定没错，我知道我做了个正确的决定。假如再有机会做这些决定，我的选择依然是一样的。"他把他的帽子抓在手里，握住她的手吻了一下。"我会把这些写下来给你。"她大受触动，和他一起走到门口。

"好！只把这些事写下来就行。"她尽可能让自己语调平和。"好！为我，你把这一切都用心写下来。你知道，我关心所有会让你深受触动的事情，我相信，我尽管不是一直都很了解你，或者甚至对你有误会，可是从来没有质疑过你生命的真诚、胆量以及智慧。"

"谢谢你，我尊贵的友人。"维德热忱地说，与此同时，拳头握得紧紧的，"你像雨露一样可以把我的心治好。"

"尽管我已经非常伤心，可是一个具有高尚人格的人会做这种事，说出来是不会有人相信的。"她依然气愤难平。

维德大吃一惊。他忧伤地说："你想象的那种事，不会有人做啊！"这时，她离开他，快速回到楼梯上。

"还有一件事，你会遵循公平的原则吧？不会对她造成伤害吧？"

他苦笑："我不会对任何人造成伤害，相比别人，我更会伤害自己。"说完这句话以后，他就走了。

"你是个极其讨厌、不受人待见、阻碍别人的危险分子。"她在他背后低吼道，同时让自己躺到舒服的软椅上，让她饱经创伤的身体得以恢复。

总的来说，他一回到他的房间，就开始写忏悔录。看呀！对于他来说，写作就像是毒药一样，让他无比痛苦。在反思自己时，他觉得回忆再次激发了他那股贪心不足的欲望。为了把他生命中那些具有转折性的时刻握在手里，为了让他尊贵的秘密得以保存，他要让自己的想法与众不同，成为毋庸置疑的事实。所以，他下定决心，排斥思考的逻辑，和各种逻辑式的想法做着斗争，而以一种像发烧一样的迟疑想要挥毫泼墨、下笔如有神。他写道：

给石玛莎女士：
　　尽管空无一物的散文体会不尊敬语文。对这种散式的文体加以诅咒，可是依然要用这种文体来把我的故事讲出来。

题目：我的选择时刻

今天一大早我收到你指名要我收的信，里面还夹着一张索伊达的照片，我再次从混沌中醒悟过来。我相信我可以回复你的信，可是我如果一直拖下去，会被人觉得是放弃了回信。我知道，相比这一个警告，下一个警告的程度只会更严重，可是我也知道，我过着非常严谨的生活。今天需要做个决定。看到这张照片，我又想到了很多和索伊达有关的生动的影像。她也在这张照片中看着我。

你在信中要我清楚地回复你，而且你说你会包容我的所有答案。可是另一方面，我知道，不管是什么样的拖延，都会被理解成背信弃义。我知道如果继续拖延下去，你会愈加严重地警告我。

这一天非常严肃，今天应该做个了结。我看着照片，照片也用成千上万个正义的表情看着我，她的眼光像处女一样纯洁，因为漂亮和贞德，她显得更加出尘脱俗——我们之间有不少回忆，只可惜这些回忆只属于我们个人。在经历过不少事件以后，所有一切都还是老样子（不采取行动，一切都是空谈）。此外，这一切依然充满诗情画意，对于我来说，这一刻无比珍贵。她亲昵地看着我，对我说：你是我的希望，是我最高的快乐。最终赢得她的人是幸运的！我依然可以在照片后面看到模糊的题字。这是至高无上的代价。你在信中轻声跟我说：要付给你代价。

只要我的感官被平常的琐事所烦扰，我就会不由自主地看一眼这张照片（只是偶尔偷瞄一眼，匆匆瞥一眼）。只是想要沉醉在她美好的梦境中，只是想要品尝一下女性永恒之美。我独自沉醉在个人的秘密里。

可是有一天晚上很晚了，我一个人在漆黑的房间里坐着，尽管因为天太黑，我已经看不清她的面容，可是我依然把照片放在我面前的桌上。我一脸忧伤地看着这张照片。这里的公寓安静、空灵，每间房间的门都大敞着。鸽子"咕咕"的叫声响彻整个大厅。金丝雀在有灯的房间浅吟低唱。我坐在那里思量着我的命运，我似乎被地球两极吹来的风所包围，可是最核心的地方，我依然被重重问题所困扰。你会得到许可吗？高尚和幸福可以并驾齐驱吗？我无比忧伤地对这类问题进行反复思考。因为我担心答案是否定的，要不然从一开始我也不会被这样的问题所困扰了。在感受到这个危机以后，我的心跳加速，就像暴风雨来临前一样。为了这高尚的糖衣，你要把我作为代价？问题是你哪里高尚了？抛给我看看啊！有证据吗？将来的高尚？啊！你的将来就一定会高尚，这谁说得准？这种未来风险大太了。

之后，我头一次怀疑自己，我犹犹豫豫地回答道："我的心、我的职业、我的信仰和自我认知，并不是来源于我自己，这你是知道的，而是来源于……""来源于什么？是谁？"扪心自问。"是啊！你无话可说，因为在理智面前，你没办法一清二楚地说明你的不理智。""那是因为，无论你是否承认，你正从心灵深处对你的奉献精神进行培养，要对你天真的偶像顶礼膜拜。这种顶礼膜拜针对的对象，不是众人皆知的神，而是一个你想象中的虚拟的灵魂。你以幻想为手段，让灵魂以后有了幻象。你天真地期盼，甚至渴盼自己把猪尾辫子提起来，这样就可以让自己的境界更上一层楼。对于你的偶像，你根本不敢大大方方地承认。这究竟是什么？'生命的奥妙'？你用溢美的言辞把'坚信仕女'供奉着，就像预言家把耶和华捧得高高的一样，你把'坚信仕女'也捧得高高的。你告诉我，你的'坚信仕女'究竟是个什么样的人。不管是学生，还是普通艺术家，还是沽名钓誉的人，没有人不知道她。她就是缪斯[1]，是让人难改陋习，如同慢性病一样的缪斯。她是索然无味、毫无气质的老姑母，是所有没有生命的教母。她可以保护所有没有能力的人。我应该承认这种落后的理念？从一个像你这样的傻瓜那里得到这种理念？我应该拿幸福去置换学校里所传授的这种毫无意义的理念？""你为什么这么沮丧？因为你的'坚信仕女'被我叫作缪斯啊！""也许她都不够资格做缪斯。缪斯最起码还会告诉高中学生拼写，暂且不评价她教得怎么样。你会拼写吗？你又有什么本事？你这个三十岁还沉浸在孩子世界的人，你一无所长。连一句正确的句子都不会写。你让人怀念的也就是无名，没有任何东西留下来。就像普通人一样，只是更无足轻重，更没有价值。其他的普通人都很谦逊，都对自己的定位有清醒的认知，因此，他们都生活在快乐中。对自己的定位有清醒的认知，才能和快乐如影随形。"

受到各种危机的压迫，我跑到"坚信仕女"脚下躲起来。我的心在考验我，我只是一个胆小怯懦的人。我的心不停地恐吓我，说我以后一定会懊悔。我的心不承认你的来源是充满神圣意味的。他诋毁你，说你是普通的缪斯。因为这个原因，请听我说，我心甘情愿把我心中最偏爱的小犬带到你面前，让你饿死它。今天我请求你，在我把我最珍视的祭物献出去以前，请你给我回信。证明你是真实的，不是骗人的假象。你要给我担保，我可以在力所能及的范围内实现自己的目标，让我恢复力量。把证明和表征给我。你如果不给，就不能要求我这么懦弱的人会拿一生的幸福来交换，只为得到一个没有保证、没有署名和盖章的口头承诺。

我得到的回答是冷酷的：我不会给你任何表征和保证。你假如

———————
[1]希腊神话中的艺术女神。

要照顾我，就在你冲动的信仰中继续照顾我。

最起码给我下达一个比较明确的指示。假如你说我自己不坚定，那我就自我否定。请你明确地指示我，解开我的疑惑。

得到的另一个回答也是冷酷的：我不会给你任何指示，你正在受到你的疑惑嘲弄，你有选择权，因为信仰就是走上背十字架的路，信神的人都会选择走死亡这条路，可是你必须做出正确的选择，要不然我就会诅咒你。

左边是懊悔，右边是诅咒，我看着天平上的指数，内心充满了焦躁，在灵魂深处的恐吓和如今的如履薄冰、战战兢兢中，我首次开始回忆那神圣的时刻。我生命中头一次接受并察觉到"坚信仕女"的呼吸和低语。在恢宏的意象中，俗世的传说侵入我的脑海：一个生病的生物化身为狮子，从俗世的山谷爬出来，到了无山的悬崖，天上的居民惊骇万分，创世者深感恐惧，因为狮子对他漂亮的官殿造成了威胁——此后，狮子就在天堂居住。

这时，我希望我的信仰更加强烈。让我更加笃定你的信仰！拿走这项最大的献祭吧！

"我是世上的乞讨者，我只有你、你的呼吸和你的轻声的许诺。"我大叫道，"把我变成这样吧！"我无比悲伤地欢迎我的自我否定的到来。

我的心进行着最后一次无谓的反攻："她又是谁？那位要你苦心守候的人？你也要连同你的心一块做陪葬品吗？你的人性允许你这样做吗？你的良知答应吗？"怯懦的我听到这句话以后，意识又不坚定了。我的心继续鼓动我："她做何感想？她怎么想你？她如何评价你？假如你弃她于不顾，她马上就会变成一个懦夫，而且她也会觉得你是一个看不清她价值的蠢货，一想到这些，她就会看不起你。"

我无法忍受这种想法，我可以付出代价，可是不允许别人羞辱和误会我。我太累了，因而觉得迷茫，不知所措。因为精神上的疲惫，我甚至都无法产生最简单的想法。影像就在这时出现在我的面前，她自己的灵魂单独出现，她这一次的显现比最早在梦境中的显现更逼真、更严谨，拥有一双更神秘的看向光明的眼睛。我从漆黑的旅途中走出来，快乐地大叫。她站在门槛上，用幽怨的眼神向我控诉："你为什么要蔑视我？"

"我？蔑视你？"我叫着，"嘿！你误会我了！"

"你小看我！"她说，"从这个方面来说，你觉得我只是个播撒小恩小惠的人。你并没有从一个长远的角度来考虑我的性格和思想。正是因为这个缺陷，我才会成为你和你的知名事业中的障碍。""你认为只有你伟大？你才有权利把你的心献出去？你认为可以感知'坚信仕女'的呼吸的只有你一人，而我不行吗？对于被选中的人，我不能给予尊重和欣赏？对于你要选择的事，我辨别不出来？你觉得我根本没法了解，也没有感觉？我要一直伴随你左右，在悬崖峭壁中赐予你力量。这是我梦寐以求的幸福，是其他任何快乐都无法比拟的，相比在俗世中成为一个辛苦的母亲和孕育子女的奇迹，我更愿意在美丽的山谷中成为你相信的伴侣。来啊！让我们一起许愿吧，相比在俗世的庙堂喜结连理，在'坚信仕女'的脚前签订永久的契约更加珍贵。在你成为我的自豪、我的荣誉的同时，我要成为你的信仰、你的爱、你的抚慰。在周而复始、永不停歇的时间刹那间变成一种标志，让其千古流芳、永久传承。"她用快乐和感恩的声音回答道，"对于精神上的伟大，我表示尊敬。"

我们主意已定，于是在"坚信仕女"脚前郑重地许愿。我把她头上的花环取下来，把自己手上的指环取下来，将它们和其他东西并排放好。我俩并排地站在一起，赤裸的灵魂像两株没有枝叶的树，有的只是高尚灵魂的宝藏。

我失声叫道："我生命的奥妙，我生命的磐石啊！一切都已经就绪，看哪！已经完成了献祭。"

"坚信仕女"的呼吸开始呈现，我心中的爱人跪在地上，黑暗让她恐惧，她颤抖地用双手把脸蒙住。严苛的仕女说："我的胜利者，我会祝福你们！因为你做的决定是正确的，我要把我的祝福赏赐给你。我的祝福就是：'你的标记将是热情和伟大。'你将区别于没有标记的普通大众，你不需要一味钻营、庸庸碌碌。这黑色的标记会让你有能力了解自己。不管是在错误、愚昧、指责、呼叫，以至被人鄙视时，这种能力都会一直在，我要你以后都一直生活在快乐中。如果你觉得不快乐，就是对我的羞辱，那位在你身边跪着的是谁？"

我答道："这位是我尊贵的女性朋友，你忠诚的女仆。她和我一样，也把她的心献给你，请你也接受她吧！"

"站起来！""坚信仕女"对我的女性朋友发号施令，"抬起头来，让我看看你的脸，你的脸好美好诚恳啊！保持下去！我会把你当作我的女儿，而不是当作卑微的女仆看待。把你的头低下去，我的女儿。我要开始举行认领仪式了，让你开始了解敬拜的仪式。"

我的女性朋友弯下腰，女神把"伊玛果"①这个教名赐给她。

"现在！""坚信仕女"最后说，"你俩把手拉在一起，我要对你俩的联盟表示祝福。"我们把手拉在一起以后，她祝福我们："我代表至高无上的圣灵，用人类变幻莫测的法则，更高的永恒，

————————————
①伊玛果就是意象的意思。

120

宣布你俩结为夫妻，此生永不分离。不管是快乐还是难过，你们都要水乳交融，她的名誉、荣耀和伟大都是你，她的快乐和美好也是你的。"这些话说完以后，"坚信仕女"就不见了。我们两人再次单独待在一起。

"你很难做出牺牲吗？"伊玛果笑着对我说。我高呼："我生命中的桂冠，可怜地用力灌吧！"

到了伊玛果离开的时候了，她的姿态将离别的情绪暴露无遗："你已经累了，我还要走更远的路，可是明天我会再来，生活在我们永久的婚姻中。"

这些话说完以后，我俩就意气风发地说了再见。可是现在，我长久地驻足在黑色的写字台前，任由回忆敲打着我的心门，如同瀑布倾泻直下。我的周围一直环绕着梦境中的宴飨，就如同在教堂做完弥撒一样，让我难以忘怀。

次日一早，仪式公之于众以后，我们开始了甜蜜的婚姻之旅，也开始真正生活在一起。第一天婚姻生活很快就过去了，就如同一首二重奏，只是她的音调要高过我而已，因为我时不时会停下来听她唱歌（此外我必须时常把音量放低一点儿，这样才能听到她悦耳的歌声）。我和她一起在"坚信仕女"的山林里跳个不停。论真实性，这一境界要高过真实；论深刻性，这一境界要高过梦境。在这个境界中，对于我来说，现实就像人和动物之间的关系，梦境就如同花香和花之间的关系。"坚信仕女"的境界里不仅有回忆，也有直觉。这时，伊玛果在我面前欢呼雀跃："亲爱的，你把我带到了一个多么宽广的世界啊！这里的一切于我而言都是新鲜的，可是我依然要高兴地把这里叫作我的家乡。"

一群人，一个比一般人要善良的民族，在山隘口欢迎我们的到来。当我被繁忙的工作压得喘不过气来时，她会非常谦卑地给我献礼物；当我偶尔焦躁，她就会用关爱的眼神看着我。"我觉得好自豪啊！因为得到了你这样的人的爱！"她的眼光似乎在告诉我。当真正休息时，我会像普通人一样拿她打趣，和她一块嬉戏。用各种搞笑式的爱称呼唤她，给她把餐具摆好，似乎她就真的在我旁边坐着。伊玛果开心地笑道："我们太像小孩子了！""对于这种奇迹，你怎么看？""这是我最开心的玩笑。"

我因为这一切变得和善、满足。人们奇怪地看着我说："好高兴啊，你现在这么讨人喜欢！"我像一棵树生长在空旷、洒满阳光的原野上，可以尽情地伸展自己的枝丫，结出更加丰盈的果实。

一直持续着这个状态，在突破时空的束缚以外，我沉浸在幸福中，直到有一天，我的幸福被索伊达的背叛打破，就像一头猪和一堵墙相撞。我的面前出现一张她和陌生人订婚的请帖。赤裸裸的事实就摆在我的面前，没有一句真诚的话语，没有对过去的一丝怀念。我霎时被整件事情的真相打倒，将订婚请帖悲伤地扔在屋角。我的心里没有痛苦，有的只是对背叛者的气愤和看到小人行为时的忧伤。就像一个人在跌宕的心情下弹钢琴，却忽然和琴键上跳跃的癞蛤蟆来了个亲密接触一样。人类遇到这样的事情的可能性很大。雌性动物都会认命，把机会舍弃，甘愿供人挑选。她们甘愿在家庭生活的泥潭中跳来跳去，和遇到的第一个年轻人步入婚姻的殿堂，只为了得到永恒。

看到这种情形，我无比吃惊。慢慢地，因为小人的行为，我开始丧失所有的希望。就好像在儿童时代，我看到一只螃蟹："为什么是一只螃蟹？"这时，我不由得大叫："一个人竟然可以不以杰出为追求？"

"她腐化堕落以后，我还要把我的幸福一起葬送掉吗？"我忽然笑出了声，"从你订婚的那一刻起，我给予你的所有就都不存在了。你的尊贵、郑重、高尚的灵魂、爱、友谊、意象统统消失了。不是我心中的那人的相貌消失了，而是现实中的人物索伊达的所有一切都消失了。她是一个和我的想象不同的、一个我所不熟悉的××（任意一个名字就可以）。我只能确定一点，那就是在城市上空若干只鸣叫的鸟儿中，她只是其中一只。我闻了闻那张卡片：毋庸置疑，就是一股'平凡、庸俗'的味道。她和其他人一样，她准备结婚（也许是经历了不幸的爱情后突然做出的决定。女人必须遭受心灵的沉痛以后才会通往祭坛）。在众多的爱慕者中，她看到一个崭新的救赎者，她觉得对方会同意——至少我觉得我会——她不是要让我沦为俘虏吧！更恐怖的是，她竟然想……因此她迅速逃跑了，打着神的旗号选择了其他人。"一般情况下，故事就是这样发展的。她也一样，她也只是个普通人，那就这样吧！我亲爱的××，你的名字今后就象征着不存在。我如今所做的事，就是为了证明我将你视为虚无。我要对你做的就是这些。他撕烂了请帖，然后丢到了垃圾篓。

　　现在我要来抵抗流言蜚语。他把照片拿起来，准备采用相同的方式撕烂它，可是到了诀别的那一刻，他还是忍不住又看了一眼。由此看来，一对善变、深沉的眼睛太会忽悠人了。春之美女再普通不过的美好，看不出一丝尊贵的气派。这时，照片伤心地哭了。"不，我说的是真的。"她抽泣着说，"那时，这张照片中的我，确实向往着伟大。这只注视着你的眼睛会伴随你左右。我在你身上投射了灵魂最深处的期盼。我在你身上寄托了所有的希望。后者，那位截然不同于我的人，才是真的骗了你。可是她也不是因为无耻的心理才骗你，而只是因为胆小和庸俗而已。当她恢复过来时，她会愧疚于她曾经所犯下的错误，她会回到你身边的，没有人知道这一刻会不会到来。请让我的美貌永存，不要因此被盖上罪恶的标记而羞愧不已。"

这时，我感到很对不起照片，我把它捡起来，就像把一位故人的遗照捡起来一样。可是那位不遵守承诺、背叛我的那位，她的美丽已经一去不复返了。此后，我会用苏玉达叫她，她就代表着假惺惺、不忠诚。

那晚，我正骑在一匹很活跃的马上做夜间锻炼，我听到后面传来骑马的声音，我马上意识到谁来了，因为我没有一刻不在思念她的到来——"伊玛果"，我恳求她，"和我并驾齐驱吧？为什么要在我后面骑？"

她答道："我因为有一张背叛的脸，所以没有资格和你并驾齐驱。"

我说："伊玛果，我的新娘，那个人的面容并没有在你的脸上，而是你的面容在那个背叛者的脸上。所以，和我并排骑行吧！我的宠溺，我的幸福都系挂在你的面容上。"

之后，她和我并排骑行，可是依然用手蒙住脸。我把她的手小心翼翼地挪开："你这么美！这么伟大！这么有精气神！请看着我的眼睛。不要对那位背叛者的原形忧心忡忡。"

她直视着我的眼睛，眼神里写满了感谢。我们又和以前一样，高声歌唱。她的音色甜美度相比原来有过之而无不及，只是带有一丝忧郁，就好像纯真的天使正在经历苦难一样，让人忍不住潸然泪下。唱着唱着，她的嗓子忽然出现了问题，她开始用喉音发出尖叫声，就像一个垂死挣扎的天使。她开始左右摇晃，"噢！诅咒我吧！我生病了，我唱不下去了，有人在后面伤了我，你离开我吧，再去寻找一个健康的、纯洁的伊玛果，寻找一个可以与你一并歌唱时升华你精神世界的新妇"。

我声泪俱下地说："伊玛果，我的新妇，我不会把生病的你抛弃的，因为在'坚信仕女'面前，我们已经缔结了联盟。所以你的面容就象征着高尚和杰出。听我说，你不要因为生病而犯愁，因为我深深地爱着你，而且会一直爱你，不管你在我身边是高兴还是难过。"

她说："哦，你如果坚持要我在你身边，就会遭受不幸了。自此以后，我只会给你带来痛苦。"

我说："让我痛苦吧！我亲爱的新娘，我不想和你分离。"

因此，我和病中的伊玛果重新缔结了盟约，和之前一模一样。只是她已经不能发出声音了。她已经被痛苦所包围。

因此，一直到现在，她都是我的新娘，我不想和她分离。尽管她已经病了，不能说话了，可是于我而言，她依然是无价之宝。

啊！勇气！挑战！自由！我的所有！和"坚信仕女"都归伊玛果所有。我的事业、职业和伟大都是她。此外，我美好的爱情也是她，其他的一切在我眼里都一文不值。俗世的女人让人想笑，只是路边的一捧水，喝完以后道谢，之后就会忘到九霄云外了。我在她们中发现天真可笑、让人津津乐道的光明面，也发现了肉欲和贪心不足的黑暗面。可是她们的名字从来没有在我的脑海中留下过印象。女人中，我有印象的只是苏玉达的××小名，只对她的虚伪有印象。我的索伊达因为她而难过、生病，我不会放过她的。我要把正义讨回来，我只想看看，她到底有多伪善，哪怕只有一次，最终迫使她在我面前抬不起头来。我应该享有这项权利，她也应该付出这样的代价。之后我就满足了。我希望她的家庭生活幸福圆满，上帝对她的婚姻给予祝福。

把这一切做完以后，我就没什么可做的了，我也就要因此停笔了。

你诚恳的维德　敬上

当天晚上，他就把这封信投到了邮箱里。第二天，七点钟，他女朋友的回信已经寄过来了。

我亲爱的、尊贵的朋友：

我非常用心地把你写给我的信读完了。你的悔悟让人惊讶万分，非常感谢你相信我，这封信就是一个很好的证明。可是在此次交谈开始以前，我得先澄清一些让人疑惑的事情，我必须得说，我无法再控制自己了。你绝对不是严肃的，难道你觉得所有女人都会对她一无所知而且也不可能知道的事情负责吗？这件事只存在于你的幻想中，你这样做是无理的，也是遭人忌恨的，而且有失公平。对于魏斯太太而言，"索伊达"这个名字是不是她自己取的。她就是那个公平、真诚的女人，我不知道"伟大"这个词适不适合用在女人身上。可是我们还具备其他的品质，就算我们可以称之为伟大，可是对于成为伟人，谁又会负这个责任呢？可是令人同情的人啊，假如对于他来说，伟大是一种责任的话，那么包括魏斯太太和我在内的所有人，他都要负责。她从小所受的教育就是成为一个蠢男人的忠诚伴侣，她非常清楚自己的职业，考虑到他的幸福和他身边的人的快乐，考虑到成为其他人的表率，她是全市最贞洁、最公正的太太和最好的母亲。所以，我要再次发出抗议，也要埋怨，她不需要因为任何一个人低下她的头颅，顺便说一下，她也不会这样做，这是毋庸置疑的，因而我们假设另外一个人（也就是她）也感受到了梦乡之会的魔术——她肯定相信你会对她一心一意。假如这个女子确实存在，而且和你经历相同，但她并没有觉察到这个梦乡之会，她感觉不到，责任也不在于她。把这些说完以后，我要开始我的正文了。

没错，在全神贯注地把你的信读完以后，我大受感动，而且里面也掺杂着疑惑和惊讶。可是我觉得，我并没有看到一个确凿的理由，说明一定要这样做，所以我心存疑惑，我难以想象出一个夹杂着神圣和幻象的奇怪世界。那么，那又如何呢？这些究竟是什么？索伊达和伊玛果，我觉得我对这样的东西是持排斥态度的，你自己留着吧。这三个人的脸是一样的，有一个是虚无的，有一个已经不在人世了，还有一个都不知道你在说什么——我快要无法呼吸了，我不清楚是应该觉得恐惧呢，还是应该对你表示欣羡。我觉得很对不起，我明白你对这个字恨之入骨，可是我还是要叫你"拉比"，无论你怎么表示抗议，你确实是个"拉比"，而且还是个诗人。也许别人叫你先知或预言家你更喜欢吧——一个把伟大诗篇挂在嘴边的人。在我内心深处，我相信你就是一个杰出的诗人无疑。不管你怎么叫，是叫伊玛果，还是"坚信仕女"，还是其他什么名字，兄弟！你肯定是天才、神秘的祖先、来源，对于成熟的男人来说，一些事是真实存在的，你这么出色，又通情达理，你将个人的快乐和幸福作为献祭，是很值得人崇敬的。简而言之，对于你的"坚信仕女"以及幻象朋友，我都不否认。在你的书信中，你预测将来的伟大，一直到最近我都不相信，可是现在我深信无疑。我为你的故事感到快乐，就像是看了千古流传的艺术作品一样。我假如不是你的朋友，假如没有受到情绪的影响，会非常热衷于读你的信，对你的人性表示关心。可是我被恐惧包围了，这种恐惧就是，当我知道你得为你美丽的幻想世界做出什么牺牲时，当你和真实的残酷的世界相碰撞时——请原谅我用如此诗意的文字来形容——啊！我不知道该怎么形容了。

直到我把你的叙述看完了以后，我仍不相信在人类中，有可能会出现这种来源于幻想的幸福。我对你的恒心很是佩服。的确，在这两种品质以上，经历了许多坎坷以后，听从"坚信仕女"的指导，你知道自己要怎么走了。可遗憾的是，这其中存在错误，你到了这里，可是实际上，你根本不应该停留在此地。是假的对不对？你不要误会我的意思，我不是只考虑到自己，而是考虑到你。很抱歉，我不能被你影响。你只想和魏斯太太再见一面，为什么你还要和她见一次呢？因为你难以忘怀，这真是让人觉得可惜。我真的希望你可以忘怀，因为自此以后，你就不会再心存希望了。

——"你看我在'不会再心存希望'上画了一条线。"你这样做只会带来毫无意义的伤痛。在这种事情上，责任在于你，可是女人不应该这样做，因为一个人没办法控制她。没人比你更可怕，我希望你保护好自己，不要让自己陷入难过和灰心中。对于你的朋友这一真诚的规劝，希望你能接受。我知道这毫无意义，可是我依然要这样做。我只有这样做了，才能救赎自己。不要再去找她，快点儿从这个危险重重的地方离开，和伊玛果保持安全的距离，继续你们的大合唱，伊玛果一定会康复的，会再次唱响优美的歌曲，这一点我毫不担心；而另一方面，你只会让自己陷入泥淖中，不会得到任何东西。请你认真听我所说的话，我和魏斯太太相识——"可以毫无疑问地说，她现在处在极为肯定的情况下，过去，连我都害怕她那坚定不移的态度。"请认真听我所说的话：她的心已经完完全全交给了别人。你不会想要从她身上得到爱吧？这一点你再清楚不过，你也不会接受从她身上得到友谊，因为你出现得太晚了；而你所信仰的精神友谊又太早了，她还很年轻，又处于幸福的状态中，不可能以你的精神力量为唯一的依靠，她根本不可能吃这种布丁。只要关注到"梦乡之会"的人，就会关注到"坚信仕女"的呼吸，关注到天吼的狮子的楼梯。我这样说不是要对这女人的坚贞品质进行贬损，我对她很是珍爱，因为我相信她配得上妻子的名号，可是假如我让她真的变成你的妻子，并不代表着她就能成为你的朋友，这两个角色所需要的品质是完全不同的，所以我再次规劝你，早点儿离开这里。因为看上去你想做的事愚昧至极，别人会因此鄙视你，你自己以后也会追悔莫及。

所以，我自己的灵魂得到了救赎。若你一定肆无忌惮，命运很清楚等待你的会是什么。我这个怯懦的人，只能祝你好运，不能给予你更多的东西，希望你的最高目标得以实现——是指终有一天会比较轻松地实现。所以我希望不要再和你碰面，请替我问候你的伊玛果。

你忠诚的、友善的倾慕者
玛莎·石坦巴赫 敬上
附记：不要让土地的女人戏弄你！

一点儿意义都没有，但信看完以后，真的一点儿意义都没有吗？假如一个人可以听别人的劝，他一定会变得不一样。我觉得妇女朋友说得没错，我在这儿做什么呢？这位已婚的女人和我一点儿关系都没有，结束吧！一切都完了，就这样吧，我离她远一点儿，我会把老朋友和同学都探望过以后离开她，远远躲着她，就像善良的基督徒小男孩匆忙远离诱惑一样。我为什么要这样做，完全没有理由。假如命中注定我们要见面，我却一点儿力气都不出的话，那她就不会有好日子过了。

这是我一个微不足道的愿望，希望不会发生这种意外。

倍感失望

　　他的老同学都已经在小镇上占据了一席之地。有教授、上尉、雇员、中央官员、煤气管制造商、州立森林林长等。他们基本上都已经顺利成家了，一个个大腹便便的，也很知足。所有人都是如此，都具有不错的能力，普遍受人尊敬。而他呢，已经三十四岁了，没有一份正当的职业，没有一项生存的本事，没有一点儿名气，甚至连个居住地都没有。对于别人来说，他毫无价值，什么都没有。唉！当有人问到他之前的天赋时，他的心就像被凌迟一样，"你的音乐现在如何？""你的画作还像之前那么好看吗？"啊！在他效力"坚信仕女"期间，他的各项天赋都急剧衰退了。这样做有什么目的？目的就是将来的美好生活？一直都是这样，一直都只有将来，而没有现在。他已经三十四岁了，那传说中的将来对于他来说，早就应该出现了。

　　"你还有印象吗？"警察上尉李陶尔问他，"教我们德文的那位老师——矮子费滋，你还有印象吗？现在报纸上正热烈讨论他的书呢！可是令人唏嘘的是，这一切于他而言已经没有意义了。他现在不仅年纪大了，而且还疾病缠身。"矮子费滋还是有恩于维德的，因为他，他才没有因为不好的行为被教师联会除名。"不好的行为"？确切地来说应该是"叛逆行为"。在良心的驱使下，他必须去探访费滋。他去拜访他了。他蜷缩在床上，看到有人来访，他艰难地回过头来，呈现在维德眼前的是一张已经毫无生气的脸。看上去，他对什么都已经不在意了，眼睛里写满了痛苦。他长久地、充满疑惑和震惊地注视着维德的脸，就好像一个自然学者把目光长久地放在一条少见的毛毛虫身上一样。在这期间，维德向他表示感谢。他说得吞吞吐吐的，因为他原本就不擅长讲话。对于他所说的话，费滋全然没有在意，他只是一直看着他的脸。最后，他用期待又忧伤的声音对他说："你也是这样？我不知道是不是应该祝福你，还是向你诉苦，你刚说你是谁？你能不能再清楚地说一遍？"这时，他洪亮的嗓门儿似乎是特地对他说的，他用特别让人疑惑的谜语提前告知："他们只会相信老人，只会忍受同一时代的人；她们女人只向往成功。你的伟大只有在我们离开这个世界以后，才会被挑选出的族类意识到。去吧！我亲爱的朋友！按照你如今的身份来说，你不应该和一个快要死的老头儿为伍。你要好好地关照你自己的需要和难题。不要为我担心了！我希望你什么都好。我顺便提一下，非常感谢你来，对于我来说，这已经是莫大的安慰。就像我对你所说的，只有被选择的族类。唉！你走吧，我求求你了，你赶紧走。"维德想再多待一会儿，可是老人死活不同意。

直到现在，维德都没有和索伊达见面过。只有出差以后才能满足他的心愿。在拜访完官方顾问凯勒的太太以后，他就可以出去了。暂且把启程的日子定在星期一吧，再晚也不能晚过星期二！他已经给凯勒太太打了两次电话，可是都没有找到她人。第三次依然如此，似乎并不是故意不接电话。"既然这样，那我周一早上就走了。"之后，有人给他寄了一封请柬过来，请他下周二下午喝茶。"下周二'理想社'的集会由我来主持，你会在这里找到很多有意思的人。也许还会有音乐会。"

"还有音乐会。"他又念叨了一遍，"最高级的一种娱乐方式就是音乐！有意思的人！理想社！"——节目单看上去平平无奇，而且他周二必须离开。可是另一方面，他又想接受尊贵的女士的邀请。因为前段时间，这个女士对他有恩，他有义务接受。可是如果非要这样，虽然有点儿强人所难，可是于我来说，却不会损失什么。

官吏的太太依然热情地接待了他。她看上去很匆忙的样子，左顾右盼。"我们正在等克特。"她的声音充满了激情，似乎正将逾越节彩蛋的隐身处①悄悄说出来一样。

"克特？这个名字我似乎在哪里听说过。"

"你肯定知道克特。"她的音调突然高了几个分贝。可是，对于刚从异地返乡的人来说，不知道也是可以被谅解的。之后她唱起了克特的赞美曲，只有用心判断人的女人才会唱这种曲子。多种禀赋、才华……一颗闪耀着灼灼光华的扣子被拴在这七大条串联在一起的珍珠项链的中间，把它组合成一大串。"总的来说，他就是个天才！这样一个天才人物——而且——他还非常谦逊，"——"好，风流倜傥，受人拥戴。"——这样一来……这样一来……维德笑着，完全没变啊！官吏的太太就是这样。她只要开始对某个人倾心，就会用这种音调说到那个人。他还预料到，他之所以被邀请过来，只是混迹在群众中扮演一个再平常不过的仰慕者。想到这

---
①西方社会在过逾越节时，隐藏彩蛋，让儿童去找。

儿，他有点儿后悔过来了，这太不合他的脾性了。

忽然，她转换了语气，之前的音调是歌剧家的声调，现在转成了演说家的声调。她漫不经心地说："今晚他的姊妹，也就是魏斯主任太太也会来，我相信你们之前见过。"

"啊！哈，就是现在了。"

他做了个深呼吸，然后让全身各个器官都严阵以待，不允许出现一丝一毫的慌乱。他不会放过任何细节，要彻彻底底地分清楚，马上就要看到的人，是那个背叛、不忠的苏玉达，而不是梦中的佳丽伊玛果，也不是索伊达。嗯！里面那个仁兄，离我远一点儿！把自己武装好以后，他走了进去。

实际上，那个不忠的女人就在那里好好坐着，手里拿着一本记事本。她的美貌一如往常——这是她偷的梦中佳丽伊玛果的美貌。她依然仪态万分地、坦然地沉浸在她那背叛者的诗篇中。可是她俩太像了！可是这女人为什么这么淡定？在这样的情境下，维德血脉偾张，双耳边似有鼓在敲响，似乎闹钟滚落在地发出的呻吟声。"哦！天神啊！救救我！"维德迫切地祈祷，"啊！神在哪里？"可是神并没有理会他，维德反复地介绍着，最后只能以鞠躬结尾。可是对方看到他是什么反应呢？她只是不带任何情感地看了他一眼——是一种看陌生人的那种漠不关心的眼神。她之所以站起来，只是考虑到礼数，之后她又安静地坐了下去，继续看她的记事本。

"这就完了？"他一脸漠然地说，"还有！"她面前出现一大盆搅拌好的奶油，她欣喜又羞怯地看了一眼周围，确定没有人注意到她以后，吃了一小匙奶油（谦逊地、非常少地），最后她胆子变大了一些，又连续吃了三四口。

如此对待他！对维德！因为觉得受到了侮辱，维德气愤不已，眼神里充满着怒火，直射向她的脸，直到他的理智提醒了他："维德！你如今是在梦中，就算你扮的鬼脸她发现了，可是你也只在糊弄自己。"之后他只有放弃之前的想法，一脸呆滞地看着她，似乎成为鱼肉任人凌迟。他的心躁动不安，想接下来会是什么东西来凌迟他？是刀子，还是剪子？所以，维德傻愣愣地站在那里。他虽然丝毫没有关心别人的想法，可是却不断听到别人碎片式的谈话："相比天主教徒地区的路，反抗教徒地区的路要好得多。""就算他没有犯罪，也犯了罪""克特有没有在那里？""天才一向都是要过五关、斩六将的""克特今天怎么样？"

她第一句话说的是什么？她和他讲话时，会用讨人喜欢的声音吗？维德就这样空等着。可是，等等，安静一下，她专注地听着这边人讲话，忽然她的眉头拧成了一团，黑色的眼睛晶亮，她把嘴张得老大："哎呀！净胡说，恭敬的人或多或少都有点儿虚伪。"

她的第一句话竟然是这句，真是出乎维德的意料，他不由得大笑起来。她慢慢地把头扭向这边，斜着眼睛看了他一下："你，而你，"——她用眼神说道，"和你，我们是没有什么瓜葛了。"回过头时，她还留下那种意味深长式的眼光，这些眼光只是"小写的字体"，可是他却明明白白地接受了，因为他喜欢对人家的眼光所代表的意思进行解释。"先生，你要什么？你的表情怎么看上去那么意味深长，像是陷在回忆中无法自拔？你是在回忆从前？那只能怨你自己，是你自找的；我呢？你不要来打搅我，要不然不会有你好果子吃！今天就是此刻，我的丈夫、孩子，就是我的所有，你根本就无足轻重。"

这根本上就是一把锯子，哪是什么剪子、刀子！

此刻，他的心胸已经被气愤和难过填得满满的。"她竟然敢这样做？"这些婚姻的琐碎——丈夫、孩子和家庭，可是维德统统将之抛在一旁，依然要把"梦乡之会"的永恒精神找出来。

正在这时，他的耳边又充斥着别人的谈话，那边的人说："你觉得克特今天会来吗？""已经四点了，应该又来不了了。""我相信他一定会来的。"一个皮肤白皙的官员说："大城市中的家庭生活让人烦恼无比，细碎、枯燥，而高阶层的家庭就是由枯燥的娱乐所形成的。""刻板的礼节就是坟墓的宫殿"——对于维德而言，他在这一刻钟以内所听到的枯燥无味的话，远多于他过去十年里所听过的。他越来越生气！为什么他没有得到别人的关注？他还要在这悬崖上待多长时间？

这时，人群中爆发出一阵欢呼，而且大家都开始低声交谈着什么。之后，游行的队伍在人们刻意压低的欢呼声中走来。维德回过头，想看看人群为什么欢呼。只看到一个人快速走到房间里，没有向任何人致意，也没有自我介绍，还结结实实地撞了一下维德的肩膀，而且也没有说一句抱歉。很快，那人就在钢琴前坐好，在谱架上放上一本乐谱——他这是要……是啊！他是要，上帝，他竟然兀自唱起来了。在这一瞬间，他竟然像公开场合里的疯子一样开始唱起歌来，而且竟然是在没有受到任何人邀请的情况下。这时，维德就在他旁边站着，他快速把谱架合上，把乐谱丢到一边，然后像一阵风似的冲出了房间。整件事发生得太快了，就像一只鸟儿从窗户飞进来，又快速地飞出去了一样。

"这是个什么怪人啊？"他高兴地问主任太太，他自以为是地认为他这种行径会让主任太太感谢他、欣赏他。

可是看啊！周边立刻响起一阵喧闹声。"那不是什么怪人！"索伊达脸部绯红高声叫道，像看仇人一样看着他。官吏太太激动得流出了眼泪，附在他耳边轻声控诉道："那是她哥哥克特！"

维德用讥讽的绅士风度伪装了一下自己，对她说："亲爱的女士，我对您深表同情。""我不需要你的同情，我哥哥是我的骄傲！"她暴跳如雷，"他有骄傲的资本！"

说完以后，她就气愤地离场了，大家也纷纷准备走了，一个晚上就这样结束了。

"这样一个美好的夜晚！"官吏太太用一种固定的声调说道。走到门口时，维德找了个理由说："我难以想象这样一个没有素质的人，在没有受到邀约，也没有进行介绍的情况下，就快速跑到人群中，到处和人发生摩擦。"她气愤地说："自诩主持人的你，又算什么！他可是举世无双的天才啊！"说完以后，她就哀伤地离开了。

雷门，他的同学，同时也是一位森林保护者，无奈地说："维德，维德！你真是太大意了！"

"很对不起，这不是大意，而是处罚一种不合理的行为。"

"随你怎么说，不管怎样，主任永远都不会青睐你了。"

"你等着看吧！"他自我揶揄道。

对于维德来说，他现在就像是看完一出闹剧，然后走在人行道上。这个仁兄就是空降、高雅、尊贵、动人、谦逊、受人敬仰，难道德国语言的这些文字还有其他的解释？他？大才？——说不定就是随处可见的、没有任何特长的天才中的一个，这样的天才在每个家庭中都可以找到，他们如偶像一样被人供奉在家里，自家姊妹颂扬他，用桂冠和亲戚的花圈装饰他。这样的天才就是由一群姑妈无微不至的呵护所造就的。哦！天哪！他究竟落入了什么样的阴谋中。什么对话！这种天才在其他地方根本不足以引起人们的关注，奇奇怪怪的陈旧曲调！这些徒有其表的天才理应泡在酒精里，原本严谨的伟人城堡经由他们的手，变成了牲品展览会的开幕典礼。柔弱恭顺的官员，在他们看来，谦恭是什么意思？

这件"愉悦的事"，似乎只是小孩子在甲板上的游戏，那个奄奄一息的人，也就是他们的统领在下面的舱房中痛苦地叫唤着。事实上，那个受了重伤的人就是维德。

最后他打道回府，在除去那表面的愉悦以后，他开始了深沉的思考。"维德，真相已经摆在了你的面前。在真相浮出水面时，所有人都要全神贯注。真相在恺撒大帝耀武扬威时会马上失去气势，你的各种纰漏，包括你的打算、眼神、正义，这统统都以失败告终，而且是一败涂地。究竟是什么原因失败了？在发生这一切以后，你和索伊达之间还有什么呢？好好想想吧！想好以后再给我回复。"

维德好好想了一下，然后说："失败可以在这个小女人的愉悦中找到，所以她一无所求，她没有欲望，特别是对我没有欲望，我之于她就是一个累赘。"

"我在她的过去没有任何功绩，这也是为什么我的出现会以失败告终，可是我和她的未来，一定会是这样的关系：在这件事上，我精神的高尚性和高高在上性，于我没有任何益处，因为她压根无法体会，也无法评判，她根本摸不着头脑。她会对我造成伤害，因为在我的精神层面，我和她的信仰并不一致。所以，对于我来说，我面临着不少难题，因为要把她头脑中根深蒂固的观念清除掉是何等艰难，就像石女士所言：只有一个字'不'，她是会拒绝吃这块蛋糕的。对于致敬那个头像、敬仰克特那样的人的人，我的评价都不会太高。这是超越了自然法则的，所以，他们其实是走到了绝境，在这件事情上，头像是父亲，克特是兄弟，因为这个缘由，我一定得挑战她的血源和她最圣洁的敬仰。"所以——这时，他的思路运转得越来越缓慢，开始和逻辑式结论发生冲突，这时不仅有他自己的声音，对他的思路进行阐述，而且从内心深处发出一个细小的声音，说了一个完整的句子"无望！"就好像从各个方面突然响起一个提示，一起欢呼"无望"，他们恒久地尖叫着，声音充满了绝望，也越来越大，就好像海浪排山倒海、汹涌而来一样，也像中场时幕布拉起时，观众所爆发出的强烈的起哄声。

维德的头低了下来，不愿意相信。

他的理智也叹着气说："维德，群众的呼声你已经听见了，和我的观点完全吻合，甚至连你自己也认可了，简而言之，这个气氛不适合你留下来！——那么，又如何呢？——收拾收拾行李，走吧！"

"可是如果你，在我自己怒火冲天像奥德赛到来时，我的自尊愿意这样悄无声息地消失，你是在拿你自己开玩笑。"

"你可以让你的自尊过得轻松一点儿吗？假如终有一天像被人侮辱得连连败退、一败涂地，在你的伤口腐化，心中被怨恨填满时你才败退？"

"不管是什么形式的斗争，我都可以获得弥补，得到满足，可是这种叛逆的意外得胜，是我应得的，是命运亏欠我，要弥补给我的。"

"命运记账有误，好了，不要去自寻死路了。"

维德叹息一声，沉默了一会儿，之后回答道："也许你说得没错，到了最后，我还是听从了你的指示吗？可是我必须得再往前冲一下，也许会带来一点儿好处，我需要抚慰。明天早上，我再把我的答案告诉你。今天晚上，就让我带着这种想法入眠吧！"

他在菩提木的床上躺着，眼一眨不眨地看着自己的灵魂离开，在他的感觉中，他的灵魂已经有一半消失了，慢慢地、满腹愁怨地想起他所经历过的失败——想做一名法官去复仇，都只是不成功的痴心妄想。

借着他灰心的时机，他的心说："这太倒霉了！"他的心嘲笑着说："我希望你不是灰溜溜地离开。你不要误会我的意思，我不是想假惺惺地对你的决定产生影响，只是听从你的理智的召唤而已，在我们这些器官中，最英明的就是它了。这对于你来说，确实是一种莫大的羞辱，你竟然要悄无声息地、令人不齿地走了。"

"你的记忆里将永远存在索伊达的身影，因此，我觉得你很清楚你的目标，你一生都不可能再和她碰面了，你无法改变你在她心目中的印象，以后她看你都会像今天最后一次看到你那样，生气而且疏离。所以，她的这种形象会一直留在你的记忆中。我希望我能说一些让你觉得宽慰的话，带给你些许友谊的关怀和真诚的话语。无论你是否离开，一些好看的东西、一些让人记忆犹新的东西，在世界里依旧会持续发光的东西。"

"这些事会让你没那么难受（我这样说并不是考虑到我自己，我在世上根本无足轻重），对病了的伊玛果来说，这样的记忆是一味再好不过的药。"——就是这样，这是心在对他低语，诱导他做出决定，一直到他慢慢进入了梦乡。

当天边出现鱼肚白时，维德做了一个神话似的梦：湖中央有一个小岛，索伊达成了一个被困于魔咒中的公主，在一群青蛙和蜥蜴中间坐着，在这中间克特——一位青蛙国王，正像探险似的上蹿下跳，她埋怨道："为什么没有一个高尚的人让我脱离这群青蛙？"岸上，她的丈夫，那个检察官，正艰难地在芦苇中坐着，他的手臂有节奏地朝他的太太伸过去，咩咩（羊叫）地流着血。"救救她！"他的表情似乎在说。眼球飞速转动，因为是做梦，所以维德不能动弹。

第二天，他是在快乐、清醒的状态下醒过来的，他浑身上下充满了活力，也更有自信，他像去打仗一样从床上跳下来。"有我呢，索伊达，"他承诺着，激动地说，"我会从蛙群中把你救出来！"他把衣服穿好，急匆匆地爬上山，他的灵魂在山林中跳跃，眼睛里闪耀着动人的光芒，他跺了跺脚，"这为什么是无望的？谁在胡说八道？"在内心深处，她是有灵性的，她和人类一样有一颗心，一颗沉睡的种子储藏在她的灵魂里。这颗种子中包含着理想和向往，无论她自己是否了解。她向往着更高尚、更美好的东西，而每日僵化的生活是无法提供给她这些的。她被团团围在中间。假如我不离开她，不管多久，我的个性的魔法终会把她救出来，这个一定会成功。

我会因为内心光荣的本体而灵感迸发，会把我的灵魂燃烧到她的灵魂中，冲破阻碍，让她清醒过来，让她不再陷于盲目中。她会发现我的意义所在，对我大公无私的态度予以尊敬。维德继续说："挑战芸芸众生，用精神和迟缓相对抗，个人和集体相对抗，少数英雄的特点就是如此。我的武器是魔术，将军是'坚信仕女'，我们要真实地比试，看看名副其实的强者究竟是谁。"这一早，他找了一间单人的公寓住下来，因为这个魔术一样的医疗过程需要很久。

"希望不会出什么纰漏。"当他很晚回到家中时，他的理智这样告诉他。两种思想正打得如火如荼，来回穿梭于他的意图边缘。所以它们在说什么，他都能听到。

近的一个说："嗯，又来一个，非要断一条腿，有了血淋淋的教训以后才会回头。"

另一个思维非常谨慎地躲在发射距离以外的地方，之后向后转，带有欺骗意味地说道："因为他爱上了她，所以他会偏爱她。"那个思维说完以后就溜走了，维德气恼地把石头扔向它。

可是幻象非常亲切地招呼他，喊他过去，"由他们去吧。来，我有一样东西要给你看。"于是轻松地把一个三根指头宽的缝儿打开，"看呀！在台上，索伊达和他亲密地站在一起，温情地望着对方，之后她告诉他：'噢，杰出的人、好人、大度的人，我的一切，我通过所有途径（除了犯罪以外）可以得到的东西都属于你，不管是友谊，还是爱情。'——那只是一个微不足道的片段，只要让你明白究竟是什么情况。"幻象笑着，然后拉上幕布，"以后，你还会看到更漂亮、更美好的。"

家乡的噩梦

　　为了把他的个性展示给那个执拗的女士看，最关键的就是要见到她，而且这个见面的频率要非常高才行。为了让他那动人的个性充分施展开来，最好定期见一次，因为个性这个武器需要的时间比较长，可是在哪里比较合适呢？竟然问这样的问题！最简单的方法是什么？当然是在她家了，要不然一个检察官有什么作用？实际上他一早就收到了这种邀约。

　　检察官热忱地接待了他，和他长久地探讨科学上的问题，此外，他的太太——这次拜访的核心人物，却一直没有现身，直到他要离开时，才快速见了一面，而且还带有一种冷漠的客气，即她不允许他下次再来了。

　　因此这种方法被淘汰了，他必须再选择一个地点。他到处走访，找到很多和她打过交道的人，大家都一致跟他说，她几乎只在理想社中活动。他不由得长叹一声，理想社！在凯勒太太的介绍下，他已经试过了。算了，他再次信誓旦旦地说：他们大多都很动人，都很具备社交礼仪，人都还行，只是有点儿可笑而已。"只要我并没有觉得他们对我处理克特事件的方法持不认可的态度！——我也会真诚地加入到他们的集会中。"因此他答应了理想社的邀约，有意不赴石女士的约。为了理想社的集会，他正在谋划一场险象环生的冒险。

他们以十二分的诚意接待他，可是没过多久，背离这种诚意的意图就让他们假惺惺的和谐原形毕露。最关键的是他那与生俱来的（或学到的？）独行侠的魔怔，让他不屑于参加任何人的集会。无论他们叫什么组织名称，哪怕又美其名曰"理想的会"。另一方面，他们又对与会者的资格提出了要求，可是他没有一项是具备的。首先，永远热忱地追求文化知识；其次，一直如饥似渴地爱好音乐。没有音乐，这些就像沙漠中没有骆驼帮助的牧民一样。"你是不是要表演……"他们可以互相给对方提出邀请。仅凭这一点，他就会从椅子上一蹦三尺高，还有人对他说："您给我们做个演讲好吗？"在文化和音乐这两方面，他们和他之间有更加剧烈的冲突，他们对任何事物都充满了强烈的兴趣，而他却兴致全无（为什么他对什么都没有兴致，那是因为他的心灵被意象、画面和诗篇填满了，都快要溢出来，所以，他不接受任何外来的影响和吸引）。

最主要的是基于下面的原因：他们不局限于形式的温和的资格和要求是他所不具备的，他们社交的风格要求很高，一种有义务和承担，家庭生活和各种细枝末节的照顾后，概括来说：需要放松、恢复。简而言之，就是古老的社交活动。此外，在百无聊赖的情况下，他的社交活动一定要持续等待索伊达的出现。而这件事会对他的生命、精神和情绪造成破坏性影响，因为人的精神并不是为了不劳而获。

结果是双方都不能互相配合好，彼此都觉得很难受。对于他们来说，他是会给人带来不好感觉的人；而对于他来说，他们会让他觉得拘束。唯一可以掌控的就是，他竭尽全力把他的难受隐藏起来，不让一群人因为自己而扫兴，只要觉得难受，就马上隐藏起来。"你和我们在一起感觉如何？""你能慢慢适应吗？""哦！我很好！"他满心欢喜地答道，就像一头鲸被鱼叉刺中以后痛苦地叫着。

　　他们尝试着用他们本土的风俗给予他安慰：是你自己有问题。维德非常讨厌这种态度，因为每个安慰的字眼儿后面都带着难以觉察的警告，似乎一个物体被好好地包装起来了，他们持续对他的安慰予以歪曲，发出五花八门的指示："你一定要""你应该"，或截然不同的说法："你不允许"、"你不应该"、"我们觉得"、"从他们的意见出发"、"你应该如何"、"你不应该做什么"、"他不应该"、"不要犹犹豫豫"、"不要沉浸在自己的渴求中"、"你这样武装自己是不对的"、"你怎么能让自己形单影只呢？"、"他应该打败自己"、"把方向确定好"、"振作起来"（维德，你要关注一下你的症状了，你总是打不起精神来）、"也许，将来结婚。为什么要否认呢？假如有可能的话，找一个精神抖擞又富态，而且拥有勃勃生机的女人，让她帮你脱离这种精神不济的状态吧"。

　　偶尔，他们要他紧紧抓住这座城市可以提供的各种机会，或他应该感兴趣于所有令人愉悦的事情：星期四，会有一场主题是"爱"的演讲，主讲人是一个老德国人；星期日，有个小提琴演奏，表演者是一个七岁的小女孩。当然，这些事看上去有点儿做作。令人同情的小才女，这些人（理想社会员），最擅长把在温室里长大的花朵推到众人面前。

可是这次却是一个拥有杰出天赋的艺术家，难道他真的不能唱，也不能表演乐器？他们提出了一个意见：十一月四日，为了对理想社的成立进行庆祝，有个剧的导演是克特，"你能否在其中表演一个角色，打比方说：在海中的老人，或山中精灵？"为什么他不用更简单的方式成为理想社的一员？用不太正式的话和人交流是不是更让人觉得双方的关系非同一般？不要经常把"您"呀"您"的挂在嘴边。

或者他们想让他融入欢快的气氛中，假如可以跳舞，或任何一种集体游戏，打比方躲猫猫！……他们都会热情地过来邀请他："来呀！不要表现得这么绝望，过来嘛，不要一直这么严肃！"在所有一切都宣告失效以后，维德的自我中心意识越来越强烈，他们都唱C大调，他唱F调，而且更严重的是，他总是一副对什么都漠不关心的样子，没有一样东西是他感兴趣的，他经常会大吃一惊，因为他是个让人讨厌的笨蛋（例如他从来没有读过《塔索》①），因为这种种，他们开始大声对他讲话，不停地劝诫他，挑他的毛病，让他整日不得安宁。当然这一切的出发点都是友谊，最宝贵的友谊的表现方式就是斥责，他们继续怀着最和善的企图挑他的不是，简单地说，只是为了让他和理想社的模式相符。类似于家庭会议对一件夹克的处理一样：旅行结束以后，在将它怎样放在箱子里的问题上出现了分歧，有的人说应该把袖子折起来，有的人说应该换另一种方式，有的人说最好把领子取下来，还有人说应该把夹克翻过来，最后由其中两人提供保护，让小维姬妮亚在箱子上坐着，把箱子压好以后，再盖上箱盖儿。

对于这些让他陷入苦恼的事件，维德是极不情愿，也很不乐意

① 歌德的戏剧。

的。因为很多人试着强行改变他，因为他觉得这些是属于他个人的私事，他最不耐烦别人对他的身材和长相进行评论了。天啊！他们一直都在挑剔他的外形，牢骚满腹，觉得他全身上下都是错误，连他的语言、腔调都有问题，从他的骨形到他的胡须、衣服、鞋子，没有一样是对的。他们无法忍受他把领子扣着，他的一些小企图都会招致相应的指责，可是他们发现，他根本没有能力听进去别人的意见。

　　小镇有不少忌讳，他这个异常敏感的人已经被这些琐碎的小事弄得有幻想症式的过敏了，这种敏感不停地腐化，让一个小过失变成会伤及人性命的羞辱，转化成不可逆转的疾病，所以这种敏感已使得双方都不停地挖空心思制造各种会让他难过的迫害，而他自己已经将这种迫害想象成美好的东西或者温暖的词句。现在从他们的理解出发，产生误会是再微小不过的事了。可是，天啊！这个规模不大，带给人美好的理想社却一直都有人遭到误会，在发生争执。

　　在举行集会时，差不多所有人都会现场起争执，这小小的误会就更不值一提了。你可以觉得这些都是故意的，可是不能生出半点儿怨恨之情，只是一些微不足道的小事和他的敏感让他变得异常敏感。他可以将每件小事都无限放大，而且拥有怪兽一样的记忆，轻易不会消除。他对人生所采取的形而上学的态度使得他强烈地同情每一件琐碎的小事，他强烈幻想一种能力，可以像数学一样，一笔笔记录下所有东西的细枝末节。无论任何人对他做了什么事，都会事无巨细地记录下来（这是再简单不过的方法）。所以慢慢地，他成了一只熊，后面跟着群蜂，当然他坦承这件事之所以会发生，都是因为友谊。只是对于他来说，在这个世界上，友谊的定义带给他的感觉是不愉悦的，就像牙疼一样。并不是有意而为之，可出人意料的是，在他幻想温暖培养之下，群蜂的体积已经变得相当大，从各个方向对他进行攻击，而且虎视眈眈地看着他。无论什么事情，他都变得特别敏锐，不管在哪里，都可以嗅到危险的气息，不管是左边还是右边，他都必须解释。在这中间，他只有对自尊进行掩饰，要求说对不起，他终于变得特别稚气。韦汉弗德老师的太太向他伸出左手，"这是为了对我进行侮辱而故意为之的吗？"所以，在失眠了一晚上以后，他就像一个遭受重重打击的军官一样，要求对方予以说明。"你真是太难相处了。"医生查理的太太叫道，在经历一次愚不可及的事情之后，对他提出严正的指控。这一切都在折磨他神圣的灵魂，他一直在对这灵魂提供保护，神情似乎加入最后审判时的旅行。"如果她没错呢？为什么不呢？有极大的可能性啊！可是又能怎么样呢？我可以让自己变好，可是我没办法改造自己啊！"

他非常谦恭地给城外的一个女士写了一封信："真诚地跟我说，我会变成什么样？不要有所顾虑。"回复是："看到你问我的问题，我哑然失笑。像孩子一样温柔，像兔子一样讨人喜欢，所有人都应该，而且所有人都会时常这样对你说。"

他想在理想社找的人才是荒谬的。因为她的原因，他被困在这些不快乐的友谊中，他恨自己。他看到她的可能性很小，只有为数不多的几次。"魏斯主任的女人是个非常特殊、让人难以相信的家庭型女性，常常大门不出，二门不迈。"原因就是这个。"她活着就是为了她的丈夫和孩子。"他觉得理由远不止这个，而最主要的原因是，她是为了躲开他。他最难过的就是这件事了。他出现以后，假如发现她没有在现场，他就会呆呆地、沉默地看着她经常会坐的椅子，其他人说什么，他都充耳不闻。在怯懦地等待以后，他已经不再抱有希望了。次日，他像一具没有灵魂的生物一样在街头游荡，失望得像一只找不到方向回到墓地的游魂。

　　在一些特殊的场合下，索伊达出席了。对于他上次没有妥善地处理他哥哥的事情，她一直怀恨在心。她高抬着头，一脸无畏地视他为野蛮人，无论什么事，她都会严厉地指责他。

　　他并没有对她提出过分的要求。可是他只要一张口，就会遭到她的攻击。所以在这种情况下，她极大地伤害了他敏感的自尊心。当他自然地说出"你长得很漂亮"时，她气哼哼地说："我讨厌奉承。"还有一次，他说"欧洲的尊贵是愚蠢歪曲"时，她咒骂他是势利眼，是伪善者。她的指责，只是一种女性刻意要打造氛围的说辞，可是他却放在了心上，把每个字的表面意思都记了下来。所以他会特别难过。等到夜深人静时，他会反复思量这假设式的羞辱，将戒尺的蝎子放在他身边，来对他的灵魂进行审视，甚至还检讨过内心最深处，为了有一天，如果真的有需要，可以毫不留情地对自己进行惩罚。直到最后，他终于找到可以聊以抚慰的肯定，就是这侮辱不需要他负责。不，不管是谁，只要把自己的帽子扔给乞丐；当他采取和基督教传教士同样的态度，在怜悯对方时，没有拉下手；或当着众人的面问候一个妓女朋友，这样的人都不是伪善和势利的。如果有谁欺骗好心的女人，那么这个人必定是奉承的。"因此，为什么她要这样说？"他气愤地大叫。自此以后，他在她面前坐着时，似乎用一种眼睛被剜走的表情。

　　官吏的太太实在看不下去了，因为她心中是向往和平的，所以她无法忍受她身边有什么阴谋诡计；因为她对这两人都怀着真挚的情感，所以她的结论带有女人式的非逻辑性；因为她对他们两人都是从心底里喜欢，因此他们二人对彼此也应该是发自内心的喜欢啊！因此她快速做了一个仓促又错误的结论：他们二人之间只是存在误会。于是，她开始在二人之间斡旋，不停地跟维德说，魏斯主任太太有多么多么好。她的胸怀极为宽大、光荣，对维德的优点进行大肆宣扬。这种胸怀正好吻合他质朴的天性，也使得维德的品质愈加显现。魏斯主任太太提出来，要她原谅他对克特的不敬也可以，不过必须有一个前提：将来，维德的脾性要收敛一些，要更和气、谦卑地待人。此外，对于别人讲给她听的所有维德的优点，她都大为怀疑。尽管凯勒太太费尽周折地对她的监护人提供保护，可是索伊达只是小心翼翼地把自己的想法集中起来，勾勒自己心中对维德的印象。她的精神依然一如从前，因为她不能允许自己时刻想到他，因为如果成天的忙碌都是因为他，太不符合她的本性了。

对于她来说，这人索然无味，而且这种感觉越来越强烈（根本和他羞辱她哥哥不是一回事），甚至在初次见面时，她就已经非常明显地察觉到他的生活方式是闲散的、放松的，他甚至没想过要收敛半分！"可是我们要秉承公正的立场，多看看他的优点。"可是不管她从哪个方面来看他，她都无法在他身上找到一个可取之处。他的所有个性似乎都彰显着罪状，他太柔和了，根本不像一个男性，差不多所有行为都没有骨气可言，缺乏活力、丧失个性、充满着甜蜜，他说话轻言细语、极度夸张，衣着打扮如同一个风流子弟，说话方式温柔无比——她看不清他的表象背后隐藏着什么，他无法与人很好地交流。他让人无法忍受，每天都会以崭新的姿态出现在人们面前（我喜欢直白、坦诚的人）——他的讥笑，他对每件事都抱着轻浮的态度，甚至包括最崇高的国家、乡土、道德宗教、诗和艺术在内，他以不置可否的态度自嘲所有东西，完全谈不上正经和深邃，也根本说不上主义和理想——缺乏灵性、冷漠而无感（打比方说：竟然会有人对音乐不热衷？除非他没有心！）"不管怎样，这人就是个冷血动物，这三个星期以来，他一个朋友都没有交到！一个都没有！"——之后他口若悬河地说着教条，他是个肆意妄为的教条主义者。他的愚昧是真正的愚昧，这些差不多都快要对人进行羞辱了，打比方说：所有人都要尽可能阻止他，让他不要动不动就叫她"小姐"。

不，她理所应当厌恶他，无论凯勒太太或她丈夫说他如何如何好，而且她的父亲对他的评价，也一定是乱七八糟。她听到她的父亲严肃地说："乱七八糟。"因为凯勒太太赞美维德的才华，因此她问道："是呀！那他的才华是什么呢？"她叫着，"我只需要看其中一项就可以了！他又会做什么？他脑子里都有些什么？每次我尽力去发现他的才华，到最后都只看到一些不足之处。"

"精神！最起码你不得不承认，他有种精神吧！"凯勒太太再次提醒道。

现在，主任太太的耐心已经全部用完了！"精神？"她心不甘情不愿地跳了起来，"对于精神，我当然是热爱且尊重的，可是要看看是什么精神。对于我来说，精神的表现方式应该是诚挚的，打比方说：真正意义上的美、行为或作品。对于为人类效力的伟大行为，精神应该是谦卑的。精神的作用力表现在高明和尊贵上，精神只有在严谨的、重要的问题上才讲话，我所说的是一种严谨的精神。而他则截然不同，他整个一坑世不恭！玩儿一些小聪明的文字游戏，我如果对这种精神表示认可，那么对精神就一点儿都不在意了，这种精神让我恨透了。他还将'自然'说成'科学马力太太'，我如何忍受得了？'精神专家——最蹩脚的精神学家'，他为什么要这样说？假如这也是精神，那么我想说'荣誉即愚蠢'一类的话了。克特也是有精神的，只是和我们大不一样而已。"之后凯勒太太对她所说的话表示热烈的赞同，所以试图提升维德的想法，又结束在克特的赞美诗中。

在两人对克特进行了竭尽所能的赞美以后，她们的心被克特填得满满的。主任太太已经做好了准备，对这个让人不舒服的人予以容忍，因为和他人保持融洽的关系，自己是不会受到什么损害的。

此外，是维德，是他坚持不愿意和别人和好。当然，他不会同意和"索伊达"达成和解，除非魏斯主任太太的身体康复，而且先同意和他保持和谐的关系。只有当她回到圣洁索伊达时，他才会愿意和她修好。

凯勒太太在这方面失败以后，就想着换一个角度来进行，让克特和维德和解。"这真是太难了，他们的第一印象都特别差劲。"这次和解的结果又给和谐再次蒙上了阴影，让局势往更恶劣的方向发展。这一次维德又表现出他超乎寻常的执拗。在尝试过多次以后，他终于答应和克特见面。他已经可以不再使用各种反面的语言，可是为了对他的不乐意进行弥补，他采取了一种高高在上的态度，制造了极大的优越感，实际是以一种最差劲的侮辱形态出现。尽管这次没有要感到抱歉的样子，可是却带有明显的侮辱他人的意图。后来他茫然地问自己："我为什么一定要这样羞辱他？他又没有做什么对不起我的事，也没有特别狡猾，也许我对他友善一点儿，还会有助于索伊达喜欢我呢！"他不知道。对于他来说，就像狗和猫相遇一样，也许他会被拉住，不主动发起攻击，可是最起码，他还是会用一种极不友好的眼神看着他。

"这件事情充满了奥秘，大自然之所以让人觉得奇怪，也正是在这里。"他觉得他们之间的情况太复杂了，难以估摸、无法降服，是种癖好习性！维德是在自我安慰。对于维德来说，自然奇迹是一种神的呼唤,是真预言家和假预言家之间的抗争。对于图谋者来说,"自然奇迹"就是愤怒的象征,是来自于愤怒的传承者。总的来说,他之所以有胆量面对这个假天才,都是在"坚信仕女"的热烈感召下。

现在,官吏的太太终于放弃了充当和事佬的角色,他无法和索伊达和解了。自此以后,她就这样评价他:"对于以往的事,他这人还是可恶的,他明目张胆地妒忌我哥哥的真天才,想让他不高兴。"她相信他一定会看到她对他的评价,要不然暗示和讥讽就失去了意义。

对于这项新的"不公正",他愈加生气了,当然其中也包含着惊讶:"她对她的哥哥怎么那么关心?他和这件事一点儿关系都没有!哪怕他的出现也不符合这个场景啊!"现在他和索伊达离得越来越远,而且和所有理智都唱起了反调。维德时常气愤地问自己:"她为什么要质疑我?她什么时候才会清醒?她觉得我可以用几十年的时间来等她回心转意吗?"现在他们的境况真的是还不如从前了吗?这种想法真让人无法忍受,可是眼下这种局势,他要如何应对呢?现在,他只剩下一个法宝了,那就是"魔术"王牌。他之所以一直到现在都处于劣势,就是因为他一直对一种魔术深信不疑。魔术为什么会失败?因为他没有展现发光的能力,没有让她的心炽烈起来。一种魔术失败的前提是:也许火花只能快速传递,因为每次他们碰面,他都显得很笨拙,因而难以发挥出效果。所以,这一夜,在经过了专心致志的幻想以后,他对他的灵魂充满了信心。他相信他所散发的光芒会被周围人看到,他一心一意去她家里拜访她,怀揣着小心思,要让他的魔术全力射向她。这是一种短路、一种心理上的测试,一定不能出现纰漏,因为这事和他一生的幸福息息相关，他不能有丝毫的懈怠。

就好像意外总是会出现一样，她家有个老同学来访，她和这个同学在一块儿谈笑风生，恢复了纯真和浪漫。她们在一起追忆过往，气氛温暖又和谐。她有时会忘了她已经是两个孩子的妈妈，让自己沉浸在孩子气的自由中，这种感觉太美好了！偶尔内心深处会觉得有些许愚蠢。一个人把孩子的帽子戴上，一个人把高帽子戴上，他们欢快地在屋内嬉戏。维德就像根本不存在一样，从他到屋里来开始，就没有人对他投过来一瞥，他也不需要去打扰他们追逐嬉戏，他就这样在那里坐着，因为他也别无选择。等看了四十五分钟喜剧以后，他知道灵魂魔术有多大的效力以后，他悄无声息地离开了，就好像他悄无声息地来，他灰心丧气地打道回府。

生平第一次，他失去了自信，心里充满了害怕，似乎他荣耀的马车在经历了长途探险以后，后轮已经禁不住折腾坏了。他派他的灵魂去寻找抚慰，他发现他眼前高挂着一道黑幕，又可恶地往前推进着，似乎会在不自觉中，悄无声息地掉下来。

在又一次魔术表演失败后，他的心被焦虑填得满满的，原本他是准备以后再用的最后一张王牌，现在也用上了。当他惊讶得目瞪口呆时，他翻开了她以前的照片，那是她尊贵的少女时代。他原以为她看了她以前的照片会如梦初醒，索伊达会惩罚她自己。同样的道理，当一个犯人年轻时候的照片猝不及防地出现在他的眼前时，他会很伤心，为自己曾经做过的错事而后悔，发誓要洗心革面，不再作奸犯科。他颤抖着双手，把索伊达那张于他而言"神圣"的照片拿起来。这是三年前石女士送给他的，他一直避免直视这张照片，原因就是，他觉得自己难以对抗生命中袭来的狂风暴雨。维德把照片攥在手里，就好像拿了一个武器在手上。他准备明天再去拜访她，所以他差不多要对她施以同情了，因为他竟然要将如此恐怖的武器拿在手上。

他将照片搁在钢琴上，内心汹涌澎湃地等待着她的到来。她一进来就看到了照片："你从哪儿得来的？"审判似的问他。"石女士有什么资格把我的照片交给你？"她耸了下肩，"而且，这张照片也太难看了，我一直都很厌恶。"圣像的效果就是这样的。

情况极其危险，手中已经没有王牌了，可是他依然没有放弃。因为他不能放弃，他把希望牢牢抓在手里，已经全然和理智脱节了。他不得不承认他所希望的事都是毫无希望的，他不会得到任何外力的帮助。因为这个原因，他的灵魂开始伤悲，进而抵达了他的感觉，让他陷入痛苦中无法自拔。

还有一次聚会探讨的主题是《塔索》，因此谈话始终没有离开天才对女人的诱惑力和本能的必然性。索伊达坚信特别出色的男人会让女人趋之若鹜，她把这句话说完以后，陷入自己的思考中。

"对于你所说的话，你有没有怀疑过？"他大胆地提出异议。

"我从来没有怀疑过。"她辩解道，"我们大家都知道不重要、不特别的人是谁。"为了让他更好地听出她话里的隐喻，她还特地朝他讥讽地点了下头。

他被深深地伤到了，他的全身上下都被愤怒填满了。"大胆地说！"他的"坚信仕女"对他下达着指示。在经过一番激烈的斗争以后，他屈从了（尽管他的谦卑和羞辱之心还没有放弃抗争），可是他还是屈从了。他说道："你又有什么资格说我就不是一个特别重要的人呢？"他颤抖着把这些话当着大家的面说了出来。这话太刺耳了，让人生厌，他自己都恨不得找个地缝钻进去，所有在场的人都羞愧地低下了头，似乎正在发生一件特别不严肃的事情。

牧师韦汉弗德说了一句话，把他解救了出来："不会造成任何伤害。"他故作轻松地对维德说："对于一个第一次读到《塔索》就加入到讨论中来的人来说，这不会带来什么伤害。""太棒了！"所有人都在欢呼。

他寄予了无限的希望想逃之夭夭，可是明显有种让人作呕的感觉掺杂进来，尽管这无关于理想社，他也不清楚这是来自于身体，还是心灵，还是第三方面。他刚来时，就已经感觉到一种被怜悯的感觉，这种感觉一直包围着他。如今，他也处在特别灰心失望的情况下，心里又犯起了恶心的感觉。这肯定是一种病！不可能是其他的什么！他感觉到一种虚幻的厌弃感，这种情绪太让人不舒服了，似乎一块泥泞的荒原被他咽了下去。思乡？和思乡有点儿像，可是又无光、无色、无时，到处都弥漫着绝望的气息。

这天晚上他回家时，从漆黑的土地走过，在理想社漆黑的晚上，突然他听到酒吧间飘过来阵阵夹杂着酒精的呐喊。他忽然醒悟过来，自己为什么这么痛苦了，那是一种大城市人落魄到小镇上的痛苦。一只被遗弃的狗在教堂的台阶上痛苦地叫唤着，他知道那条狗的想法，他也要痛哭失声。

除此以外，他还是和理想社保持着不错的关系，当然他们觉得他有很多地方需要改进，更准确地说是所有地方都需要改进。可是无论如何，他们依然把他当作他们中的一员。他适时地保持着沉默，以等待更好的时机，耐性十足地、煎熬地、忠诚地容忍着这一切，连他自己都惊讶于自己那难以置信的温顺。可是一开始愉悦的谈话、再简单不过的交谈，又让他的心中燃起了怒火。这不能赖别人，因为这种恭顺闲散的民族根本都没有敌意的概念，可是他却极有能力怨恨别人。这是一种看法上的宗教式狂热、气愤地追求真实的人。后来，在恢宏的场景中发生了战争，就是我们所说的亚马孙之战。大概十二个风姿绰约的女士聚集在理查太太家中，他是其中仅有的一个男性，索伊达也在，就在他对面坐着。感受到如此美好的气氛，他突然来了兴致，开起了玩笑。这是社交礼仪的要求，而且也是一个一定要完成的礼仪，调皮地拿仕女开玩笑。这样的话在他的脑子里储存了不少，他尽可能地对她们进行夸赞，更冠冕堂皇的说法是，他一直以来对女性的倾慕。不管怎样，因为他长期客居异乡，他已经遗忘了这地区的女人秉承一种德国式的女性教条主义，她们完全不同于欧洲内陆的习俗。她们可以把自己的野蛮事件忘到九霄云外，可是如果稍有一点儿不恭敬地拿神圣的女性开玩笑，都会被看作是对神灵的亵渎而被诅咒。没过多久，他就被义愤声包围了。这是亚马孙战争中的呐喊，此情此景，让他毫无还手之力。在战争一浪高过一浪的情况下，他还尝试着通过给女性吸烟来辩解，女人们马上沉醉在落井下石的指责中：上星期日有个可怜的俄国女学生在床上吸烟，把自己给烧死了，"我真是太高兴了！""真是咎由自取，一点儿都不值得同情！""吸烟的女人都遇到这种事是她的幸运。"他的正义感马上爆发了，变成难以遏制的愤怒，像预言家的怒气想要把这地狱之火压下去，对这些嗜血的女祭司们予以诅咒。他亲眼看见过有女学生衣服被烧焦了，在周围不停地舞蹈，喊叫声不绝于耳，有时高声尖叫着，有时在地上躺着，而围观的法利赛女人却像恶魔一样拍手叫好。"谋杀犯！"他气愤地叫道。因为有了这样的经验，他忽然意识到他对女人的敌意将变成根深蒂固的了。

　　如今他的女朋友们，在经历了一场激烈的辩论以后，就会忘记沉痛、针锋相对的主题——喝杯茶，吃个汉堡三明治，一点儿都不再关心刚刚所探讨的事——可是那面目可憎的跳舞女人，那笑得很恐怖的法利赛女人，却一直在他的脑海中盘旋。尽管她们十二个有罪的女人是不会伤害任何事物的，包括一只苍蝇在内，可是在他的想象中，她们的额头上都有一个该隐的记号。整个理想社因为考虑到每个会员，他也从现在开始对它充满敌意。"甚至警察和法律都奈何不了你们，尽管你们很好地乔装成了良民。伪善的人沉浸在错误的快乐中难以自拔，我觉得你们依然是罪犯，是谋杀犯！"为了烧死的女学生，他试着实施冷血的报复，而女学生那被烧焦的手指指控着理想社，就像哈姆雷特在鬼魂的指示下，对他进行着指引。

他把翻江倒海的敌意都藏在心里，听得到雷声，可是没有闪电，他特别想绝地反击，可是他还需要准备。在亚马孙战后的几天，外来世界给他寄了一封信过来，这气氛太非同寻常了！"庆祝你在你爱的人那里过着快乐的生活！但远方的朋友一直记得你——"庆祝，快乐！这真是莫大的嘲讽！你爱的人，太可怜了！太侮辱人了！"你特立独行的人格、你的知识、你的善良必定能够造就……"啊，太独特了，他特立独行的人格！知识，根本上都忘光了！哎呀，天啊！过去多好啊，你不会时刻被人挑剔，实际上他们还发现了你身上值得称颂的东西。这信像警钟一样，他意识到他的自信正在被削弱，越来越不如从前。众口一词，在不自觉的情况下越来越固化，他被一个更小的天地所束缚——一种小城镇的局限性，所以他慢慢不再质疑这一切，而一开始，他是会气得跳脚的。所有人都认为他是一匹马，每个人都可以对他提出批评，所以这一刻，他清醒了。他可以从这方狭窄的天地逃出去，他已经可以再次回到从前的自己，他的心开始认可接受，这个对比多么强烈啊！这个对比多么羞辱人啊！在世界的外部，他的独特有人认可，他的弱点有人体恤；在他的家乡中有狭隘的挑战、挑剔、不允许、不在意他的人格，不关注他人。两相对比，所有隐忍的辛苦——他在过去六个星期所经历的一切都爆发出来了，如同过去一样势不可挡，他掀起了一场战争热。"我不要再继续容忍下去，我要奋起反击，我要把你们伪善的面具揭开，把你们那自大的吹牛字典戳破。静下来！认真听我说，我要把你们丑恶的样子都画出来。好！我要开始了，这是我要告诉你们的'你们的优点'，只是让你们把周围人的麻烦找出来；'你们开放'，只是有权利自我满足，向别人倾泻你不满的情绪，而完全不在自己身上找原因；'你们诚挚'，是在背后议论别人的不是，而不需要站在他们面前检查过关卡，而谁能把这张过关卡买过去，就意味着可以在最关键的事情上说假话。如果我一定要和如此'实诚'的人做生意，买卖双方一定会签订契约，而且得有四个证人才行。你们只考虑到自身的利益，而对他人的死活不管不顾，有人如果遭遇不测，就得不到任何帮助。你们的家庭幸福美满、相互爱护，如果发生遗产纠纷，你们就会对互相之间的爱有更深刻的了解；你们的音乐就像一脸灿烂的冰柱；你们的文化和文学艺术的殿堂，就像你的右手边有人给你开辟了一个乐园，而你的左手边有人在宣告与之相关的演讲，你们却都到乐园去看表演。'多有趣，很值得一来！'我就会用这样的态度和你们讲话，你们准备好吧。"

令人遗憾的是，他突然想到：在理想社的接待室中，根本不存在什么演讲台，可以对所有人予以指正。

"你们要相信一点，我会逐个对你们进行回报。首先，如果谁把一张纯洁的脸呈现在我的眼前，我就朝他泼一桶水，有谁要先来试试？"他像一头准备进攻的牛一样在等待最好的时机，可是正当他不怀好意地扫视周围，想要滋事时，却发现一个敌人都没有。因为，尽管没有人对他有特别的好感，可是却没有人对他提出抗议。差不多是有意的敌视，当他准备好进攻时，所有人都像是约好的一样对他示好。如此一来，他的武装好像就被解除了。对于一个真诚待你的人，你怎么可能对他发动进攻？"你现在感觉如何？希望在这种'异常的天气中别感冒'。"他现在迫切想找个敌人，可是没有，克特如何？这个人一点儿抵抗能力都没有，只要维德出现在他的面前，他马上就会逃之夭夭。除了这些，他必须承认，克特的眼睛特别敏锐，那又如何？所以他像一头牛一样朝外喷着气，可是却不知道可以向哪个人发动进攻。

截止到现在，在找不到方向，也找不到敌人的情况下，他满腔的气愤无处可躲，他有了谋杀的欲望，他有了挑衅的眼光、讥讽的态度、滋事的声音、急躁的说话声。在说话之前，他的态度已经十分明朗：不允许出现和他相反的论调。进一步来说，他是个服从严谨真理的人，他无法容忍任何未知理念与真理唱反调（"我讨厌挥舞借由意见的叉子不自量力"）。他的声音中带有严正的警告："你最好不要反抗，你这个小人！不信你可以试试！"他只是没有保镖，要不然，他会一把把你的衣领揪住。

在这种处境下，他谋划好的战斗依然不能打响。这时，大家看到他都纷纷躲开，似乎他是一个神秘莫测、玩忽职守的动物。牧师在提到维德时，都说他整天说胡话——对比了他和一个加了烙印的修女①；森林林长将他比喻为一个谦恭的人忽然变成了一个猖狂

①在天主教中，有些圣徒由于真正的信仰所致，他们的手中会出现钉痕而且会流血。打比方说特丘沙修女和圣法兰西斯。

的象。可是，时不时地，他也可以一个人安静地坐着，脸上写满了悲戚、黯然神伤，可是没有人知道接下来又会卷来什么样的狂风暴雨。因为没有权利把他弄到他不想去的地方，就只能让他继续愤怒下去。

例如，查理医生对一项新的文学作品夸赞不已，"你一定要读！"他对独自坐在一旁、不加入到大家互动的维德说。维德气呼呼地跳起来："你竟然敢命令我？"之后整个晚上他都是如此："亲爱的医生，你一定得把这支铅笔放到你的嘴巴里。""亲爱的医生，你一定要把我的手帕拿出来。""亲爱的医生，你必须现在就回家。"一旦聚会中出现这样的人，所有人都谢绝邀约。主任夫妇组织了一个晚宴，因为检察官的坚持，维德是被邀请的人之一，可是在最后一刻，大家纷纷拒绝到宴。绝望至极的主妇，只请来了一个奇怪的客人——维德。这就好像在教会的捐赠袋中，她只找到一枚毫无意义的扣子。"唉！我全身上下都已经湿透了，再多点儿水也没事。"维德自我安慰道。主任太太却大叫道："唉，维德真是让人受不了了。"大家都这样认为，"维德是真的病了！"大家都找到了这样的理由。

理由没错，这头牛就这样站着，血已经从他鼻子里冒了出来。有一次，石女士和他在街头偶遇，不禁大惊失色地叫起来："天啊！你现在怎么变成这样了？"那天，她急切地邀请他去她家，可是毫无意义，他继续对他自己的理智视而不见。

对抗索伊达

　　"我全身上下都已经湿透了，再多点儿水也没事。"他这样想道。可是这想法实在是错得离谱！这场雨下完以后，还会有更大的雨。有一天，就发生了这样一件事。在一次聚会中，当然他也出席了，魏斯主任太太强烈地指责男人的骑士风度（骑士风度也是理想社经常被人指责的话题）。"嗯！哼！"维德笑吟吟地说，"如果其他的男人不讨好你，你会不会生气？"因为她反对骑士风度的态度太果决了。她说："我不仅不会要求别人讨好我，也不希望别人讨好我，更深入地来说，我会对不讨好我的人表示感谢。"这时在真理精神的督促下，他打定主意让她吃个瘪。想好以后，散会时，他双手背后、一脸严肃地站在衣帽间，让她自己把毛皮大衣从衣架上取下来，然后独自穿上。因为这件大衣的袖子太窄了，所以她颇费了一番周折才穿进去。他很满意他这样做了，用讥讽的眼神说："现在你知道骑士精神的概念了吧？"可是，看呀！她似乎全然没有注意到他讥讽的眼光，是在对她刚刚的强行狡辩予以驳斥。显而易见，她没有将现在的情况和她刚才所说的话联系起来。她之前从来没有体会过这种被人有意冷落的感受。此外，当然啦，维德也意识到了，她不想让他帮忙。只怪他毫不遮掩，这种有趣的教学方式，她根本领会不了。结果他的冷眼旁观在她看来，就是不怀好意的羞辱。她看了他一眼，这已经不是"眼"了，而是白眼——这该如何是好呢？跟她说明情况？没用的，她会质疑。于是他给自己找了个台阶：女性即便是死，也不会原谅对方。干脆将这一次和之前的都合并到一块儿算了，反正她误会他也不是一次两次了。唉！也许情况比我想象的要好一点儿。

确实像他想象的一样那么糟糕。自此以后，她只要一看到他，就不自觉地发出低吼声，就在发出声音的那一刻迅速别过头，不想再看到他。

第一次、第二次，他依然处变不惊。实际上，他发现自己可以稍稍自由呼吸一下，对于她转身时的灵活背影，他极为喜欢，可是当出现第三次这样的情况时，他忽然气愤不已。

"你这个虚伪的猴脸！"他的心灵深处在狂叫，"假如我要惩罚你，而不是顾忌你、饶恕你、迁就你……罢了，罢了。这都不算什么。只要我挥一挥手，你的低吼就会变成低眉顺眼的求饶声。你会梨花带雨地对我说：'你现在肯定非常看不起我。'（叹气！）'我要如何面对我的家人。'（痛哭流涕！）'希望你一直像……'（拥抱！）为了他，她什么事情都愿意做——等等，你把手拿开。你因为故意打扰别人，所以是咎由自取。最起码你先要打碎她的婚姻，或最起码和平地分手，爱情和欲望是两码事。可是用粗鲁、猝不及防的方式把一个圆满的家庭打碎，只是为了让一个受伤男子的尊严得到满足？好啦！这样的事，我是不太会做的。第一，我压根儿就不会。第二，我的生命中的灵魂都是圣洁的。还有，她的丈夫和我是朋友，所以不，不，一定不能。假如你愿意恨我和这个地方，没事，我告诉你要怎么恨，你甚至会气愤地撞墙。可是我呢，我会非常淡定地把我的葡萄干面包吃下去。你越恨我，我就越高兴。你不信，不信你就等着，我会让你看到事实。"

他们开始——尽管从表面上来看，还保持着一些基本的礼数，但是已经行走在礼数的边缘了——他们开始用身体的内在潜力向对方挑衅。在这个过程中，他冷血无情地打骂她，丝毫没有放过她的意思。他用玩笑或嘲笑的方式，用直接或间接进攻的形式，对她发动攻击。而采用什么方式，全看他的心情。

他如果现在想嘲笑你，就会说出让人胆战心惊的话语，他最宝贵的感情都因为他这种做法而变质。"你没有发现，现在残酷出现了吗？你难道没有发现，最残酷的事就是爱音乐这件事吗？还有女人对青春羡慕不已，因为青春是具有安全保障的万灵丹，让女人可以从多个男人中发现一个最大的猿猴，然后共浴爱河。"要不然他就规劝道："离婚可以很好地教育丈夫，离婚可以让丈夫对太太言听计从。更甚的是，他可以埋怨他的厄运，是必须沦落到生活在中产阶级吃人礼教的巢中，而无法再扭转自己的命运。为什么他和与他相似的人都被他们叫作放荡之人？殉美者才是适合他们的称呼。因为他非常痴迷于女人的肉体。实际上，人类时常编造谎言，对肉欲的异端有意贬损。""假如一个女人不能让我着迷，她会觉得自己羞愧难当；反之，假如我非常痴迷于她，就代表我在奉承她了。这事再清楚不过了。"这种真好，全部说出来了，不是吗？似乎把一只虫咽了下去，不是吗？希望会有益于你。好吧，再接着说。"我一直无法了解的是，在海盗把少女俘获过去的闹剧中，她只能仇视地看着海盗，而不是用她的腿来把她的仇恨彰显出来。假如腿不能把仇恨展现出来，那脸也是言不由衷的，根本没什么意义。"你喜欢这种说话的方式吗？要不要我继续说下去？不要？要是你这样说，我就必须接着说了。"每个男人无时无刻不在想着漂亮的女人。男人绝对不会说反话，要不然就是他在说谎话。"

她根本没给他开战的荣耀。可是她的样子已经明明白白地告诉他："先生，如果你遭遇了不测，打比方说，火车从你身上碾过。我会合理地对你表示同情，可是我绝对不会因为你掉眼泪而觉得遗憾。"

听到这样的话，他会讥讽地答道："尊贵的女士，假如我可以让你高兴的话，你要爆炸时，请提前告诉我一下，我会把最漂亮的那块碎片订走。"

假如他此刻情绪比较平和，他就会满足于对她的信仰和教科书的教条进行伤害。她金色的爱国主义和爱乡土的情怀就是他攻击的目标。

她喜欢边走路边哼唱优美的歌谣："在早晨，我们挤牛奶。""主任太太？你竟然还会挤牛奶？"他一脸吃惊地询问道。此外，她还在呜里哇啦哼着另外一首歌："我要亲切地问候每个人！"他就高兴地拍手欢呼："你这个希望真是隐藏得够深的呀，我们可以好好问候一下。"——她的哥哥旁边是她的长腿表兄，诨名杜拉呼（山歌的声音），她非常喜欢她这个真名叫路德力克的表兄。这个人常年奔跑在山中，将各种山峰都踩在自己脚下。有次维德向这个将群山踩在自己脚下的急先锋路德力克打听："从整体上来说，为什么他乡人会如此痴迷于阿尔卑斯山？它又不属于你们！如果你们自己造一座，这一座就平坦多了。""不管怎样，不要再将阿尔卑斯山挂在嘴边了。

由于没有生命，所以现在被过高地估计了。我觉得在神看来，一个女人小巧而精致的脚趾，比一大块虚无的冰河有价值多了。"他曾在公开场合宣称，相比阳光，一个周正的高礼帽更值得研究。长毛象①当然会更偏向于阳光，可是只有接受过良好教育和拥有不俗品位的人才能领悟到一顶高礼帽的价值。——即便他没有受到任何邀约，维德都会毛遂自荐地劝告她。如果她埋怨汪达尔式②对国家古建筑造成了损坏，他会劝告她们："把加农炮拖出来，凭我们自己的力量，就可以把木质的垃圾炸成灰烬。"假如她感慨具有地方特色的衣服和方言正在走向覆灭，他会提议道："指定犯人必须穿着具有地方特色的衣服，以此作为一项惩罚措施，而且规定几家人必须一直使用方言，不管时代如何变幻。"

这些情节中，他最乐意做的一件事就是给人取外号。他们都引以为傲的家乡，被他叫作"牛之乡"；本地政治举措被他叫作"推拖拉"；爱国主义的外号是"野蛮"；德国本色的外号是"鲁莽、好斗"；处处毁损被他叫作"灵魂的方言"。

偶尔，他也会委婉地、一脸纯真地惹她气恼。打比方说，他会准备一些自己创造的、故作神圣的、一本正经却又引人深思的小故事，之后找准时机派上用场——"你知道吗？魏斯主任太太，"他开始时通常是一脸真诚，"史潘斯基（Stepansky）、贝多芬和普西尼的逸事？"

"我不听，我不听。"她已经察觉到里面的不怀好意。

"不！你错了，大错特错，你一定要听一听这个故事，它不仅可以陶冶你的身心，还颇具教育意义。史潘斯基伯爵夫人有一次

①冰河时期的动物，已经灭绝。
②北非民族，只会毁坏文明，而不会加以保护。

邀请贝多芬和普西尼共同出席一个晚宴。到场的来宾中有人问她：'她觉得更突出的是哪一位？是贝多芬还是普西尼？'她非常睿智地回答道：'不能进行这种对比。所有人都有自己特别的地方！他们互相弥补了对方的不足。'"

"音乐就像女人一样！你要怎么样才会相信，非要进行一个实验？我们找一个最具有音乐天赋、才华卓绝的小女孩，用最优良的方式对她进行训练，用各种男人的灵感对她进行启迪。十年以后你再看结果会是什么样：她会把钢琴合上，把一只安静的猫抓在手里。她之所以合上钢琴，是因为她时间有限；而她之所以把猫抓起来，却是因为她不知道时间要如何度过。"

还有一次，她着重表明了女人要比男人出色的观点。"我很高兴听到你这样说。"他说，"只是女人时常会不自觉地宣扬女人不如男人的观点。"

"现在，我非常诚挚地告诉您，假如一个母亲生了六个女怪胎，最后才诞下了一个儿子。这个儿子就会像弥赛亚再世一样被好好抚养长大。周围的女性都争着抢着要来照顾这个超级男孩。'小子、二傻、二愣子、好家伙，'叫得那叫一个亲热，这个小男孩就是奇迹的创造者。如果足够幸运的话，这个弥赛亚顶多以后做个县代表。"

通过这些事件，他终于意识到，他究竟在期待什么。图一时快活以后，他内心深处的感觉愈加强烈，那就是对自己厌恶至极。如今她只要看到他，低吼的声音就会变成一种湿滑的两栖动物所发出的怪声。他很高兴她有这样的反应。似乎上天都已经明白，他取得了胜利。"你看！"他时常暗自笑出声，"我是多么不在意你的反应啊！"他乐不可支地打了个比方，"从前我竟然想把她从蛙群中解救出来，如今我自己却成了一只青蛙。"

"维德，我相信你确实疯了！"

"是呀！我找到了另一个发疯的借口。"

一天下午，他正在街头的转角上走，背后突然传来一声尖叫："你！你这个笨骆驼！"他气愤地看向这个发出声音的人。在他掉转身子准备继续往前时，那个声音再次响起："你不要转身嘛！是我呀！是你的理性在叫你呢！"

"你有什么资格骂我是笨骆驼？"

"因为在魔鬼的引诱下，你正与你的理想南辕北辙。"

"我没有什么理想啊！"

"你有，你当然有！让我来告诉你，你的理想是什么，你的目标是什么。只有你一个人时，你当然不想承认，你事先计划好了，你要让那个初生牛犊的小女人气愤到摸不着头脑的地步，让她彻底找不到方向。有一天，即便没有经过你精心的安排，她也会气愤地把你的脖子抓紧。她已像夏天时的牛虻一样疯狂，而且冲动、勇猛。"

"如果真的是这样的话，会有什么样的结果呢？想那么长远干什么呀？事情往往都是如此，女人恨一个人时，里面往往夹杂着爱。反正我也没有损失什么，无所谓。"他对他的理性这样作答。

"随你便吧，反正我又不用为你负责。"

维德充满疑虑地慢慢回到家，心中充满了焦躁和疑惑。他小心翼翼地从各个层面，对自己的处境进行反省。他惊呆了，头晕了：他正走在一条虚伪的路上。他转弯时走错了。他在爬过山径时迷失了方向。没错，他的理智一点儿都没错。索伊达的恨就是恨，不会变成爱。这种发现让他毛骨悚然。他已经穷途末路了。在揭开他自己的秘密以后，让索伊达更恨他已经是徒劳的了。因为这样做，只会让索伊达和他之间越来越有距离。

可是接下来要如何做呢？从零开始？先让她不再那么恨他，然后再让她不那么讨厌他，对她的厌恶进行治疗，之后再如履薄冰地让她喜欢上自己。"为什么不这样做？为什么不？不！这条路已经走不通了！我必须将我所有的人格、尊严都践踏在地，而且时间也很有限了。可是感谢神，我们还有机会挽回。"——可是如果这样做依然于事无补，那又该如何呢？他努力地打量着四周，想给自己找一条退路，可是根本找不到。忽然，他用力地一跺脚："谁又指派我必须为她忧心？她是否后悔，是否迷途知返，和我又有什么关系？让她陷入更深的泥潭，又与我何干？我又不是她父亲找来告诫她的神，或是守护她灵魂的人。也许她觉得我是专职的心理学家？我太推崇她了，以至于我要花费不少精力去找她身上的问题。以后，我不要再为她忧心，也不为她牺牲自己。除非她直接要求我。在这期间，你从我这儿离开吧！我不认你。什么东西？魏斯主任太太？是在树上住，还是在水里住？是以五谷杂粮为食，还是以昆虫为食呢？亲爱的女士，你看到过跳蚤从指尖跳下来的场景吗？在同样的情况下，你已经从我的意识范围跳脱出去了。一，二，三，好了。根本没有留下什么蛛丝马迹。索伊达，你已经离开了我的世界。"

做好清理工作以后，他脚尖踮地，转了一圈，弹了个响指，觉得浑身前所未有地放松。因为他居高临下地觉得，受伤的是对方。对于他来说，他只是把一颗折磨得他痛苦不堪的蛀牙拔掉了。现在他要如何解决新生和稚嫩的自由呢？他面临着数以万计的可能性。"如果我们改变一下方式和另一个人恋爱，不知道会出现什么样的情景。"真是个不错的办法！已经有太长时间，他已经不再记得人间的美好汁液。可是这是异常的。可以确定的对象没知识、没文化的可能性极大。只要这些下等人的作为传到她的耳朵里时（她在说长道短的巢中应该听说过这些），她一定会怒不可遏，而且觉得脸上挂不住。打个比方来说：找个酒吧间的"女侍"。为了实现这个目标，维德会强力压制住自己对酒精和酒精崇拜者的厌恶，走到旁边的酒馆里去。给他提供服务的是潘美拉小姐。他要求潘美拉在他旁边坐下来，他用甜言蜜语诱惑她。比赛的规则就是这样的。他根据最悠久的传统，对她身上的每一部分都进行了教科书式的赞扬。没过多久，潘美拉就对他表现出了极大的兴趣，不再满足于面带笑容地倾听，而是慢慢靠近他。直到后来，不知道是哪里出了问题。出人意料的是，她竟然像叫春的猫一样跑回到柜台旁，就像尾巴被莫名踩到的猫一样叫道："笨！老不羞！没素质。"她为什么要斥责他？啊！对了，他对她洁白的牙齿进行了大肆夸奖。可是，她竟然没有牙齿。到后来，他都不敢再看她了。

　　三天以后，魏斯主任太太披着友谊的光环，走向他住的地方。看呀！这根本就是两个人嘛！这转变也太快了！这是何意？"看上去，你已经不是那个疯子了！恭喜你，祝你事事顺心！"她皮笑肉不笑地说，"你准备什么时候娶潘美拉？"

　　"卑鄙小人！"可是他真正想说的并不是这个意思。

　　"考虑到爱情的那些必要条件，潘美拉的事一定会告吹。"他刚到镇上，就产生了这个感觉：在这块贫瘠的土地上，爱情根本生长不了。让我们尝试一下友情吧。好，在这种情况下，安德拉斯·维索阿契维斯特变成了一个不错的人选。还有魏斯主任太太完全无法容忍这位安德拉斯让他得到好的称赞。她习惯叫他戴眼罩儿的、直视的、严肃的人。安德拉斯所经历的一切，让维德不知道出于何种心态，竟然会温柔地对他。所以他急急忙忙去找安德拉斯，想对他示好，此外，他也感动于自己无法瞧见的、单方面的感觉。维索阿契维斯特也被他突如其来的友谊所感动了。为了给新友谊举办一个仪式，两人约好周日下午一起去嘉积草坪。在那里，他俩要走一条相同的路。他们慢慢朝星期日下午那悠远却恐惧的仪式走去。此时，一群运动员俱乐部的成员和一个管弦乐团都在草坪上进行星期假日的表演练习。维德像块儿木头一样待着，眼睛直勾勾地看着前面的街道。维索阿契维斯特正口若悬河地叙说着歌德和席勒有什么不同之处。看他那态度，似乎根本停不下来，即便是有人求着他。他一直叽叽喳喳地说个不停，所以另一个人即便再难受也束手无策。是的，索伊达没错。她可以由着自己的心意骂维索阿契维斯特。这位仁兄真是高高在上，将谁都不放在眼里啊！这个维索阿契维斯特，唉！

男人之间的友谊也没有取得任何成果，只好再尝试一下其他方式了。戏剧？哦！在这个小镇上看戏剧？反正他也不爱好这个。也许可以尝试一下音乐会？好，就是这个。可是，哦！不！他在第二排坐着，刹那间，所有的乐器都乱调了，音乐会也变成了一场闹剧；另外，他的出现也被彻底践踏了，所有到场的人都叫着同一个恐怖的名字——魏斯主任太太。"魏斯主任太太最近在忙什么呢？""你上次见她是什么时候？"这些话传到维德耳朵里以后，维德陷入深深的回忆中，若有所思地望着天花板，"魏斯主任太太？这个名字我好像在哪里听说过"。甚至走在街上，有人跟他打招呼时，也会顺便提到魏斯主任太太这个名字。可是对于维德，她就是一个虚无的存在。不！他觉得这些人太过分了。可是那牢不可破的链子，却将他和魏斯主任太太牢牢地拴在一起。让他有种如鲠在喉的厌恶感。所有人都把这个名字挂在嘴上，可事实上，这名字和他根本就没有关系。难道他要一直被禁锢在魏斯主任太太所画的牢笼里？非要躲到一个非常偏远的地方，一个只有孤魂野鬼才不认识她的地方才行吗？

　　为什么不能这样做呢？修建铁路是做什么用的？印象中，她还说过这样一句话："真是让人匪夷所思，我竟然都没去过莱近德弗。"因为莱近德弗和索伊达完全没有关系，所以他打定主意去莱近德弗。抵达目的地后，自己策划表演一出诙谐的喜剧，充分地感受她不在他身边的日子。他还没从火车站走出来，就朝铁路局局长走过去。维德非常恭敬地向他打听一些事情，并且解释说他之所以来莱近德弗，是为了拜访一位魏斯主任太太，希望局长帮忙指引一下方向。局长瞪大眼睛看着他，然后示意他去找售票员，售票员也不知，于是找来了门倌儿。这位门倌儿男孩来自于"亲爱旅馆"，还有一位来自于"鹳鸟旅社"的马车夫。所有人都表示从来没有听说过什么魏斯主任太太。后来连警察也被惊动了，还有一群人也加入到这次搜索中，最后大家都一致声称："莱近德弗根本没有这个人。"他们都非常同情地看着维德，可是他的内心却是激动万分的："看，好好看看，你这位自诩尊贵、老是把人逼到绝路的女人，你根本都没有什么存在价值，根本没有人知道你是谁。你还觉得你多么尊贵啊，你为什么觉得自己是个重要人物？这些质朴的莱近德弗人，连你的名字都没有听说过。"他沉醉在这项事实中，他非常喜欢这群纯朴的人。这项活动代表着胜利，导致他像到民间走访的王子一样，他迷恋所有有生命的物体。这一整天的时间，他都沉醉在奥地利最后一任皇帝约瑟夫的角色中；另外，不单单只是表面上如此，他是确实从内心深处喜欢这群真诚、善良的莱近德弗人——他们甚至都没有听说过魏斯主任太太的名字。这块土地多么让人沉醉啊！这是他第一次来到这种地方，这里有和蔼的森林、林立的山峰，人们在这里可以享受充分的自由。难道你没有察觉到吗？他对莱近德弗一望无垠的天空进行称颂。"颧鸟旅社"的经理还对外来旅客极尽谄媚，小声说他可以提供最优的服务、最低的折扣。这里还有极负盛名的空气疗养胜地。实际上，他连午餐费都付不起。可是当他要离开这里时，他几乎和整个镇都结下了深厚的友谊，包括医生、传教士和看家护院的狗。他的心被感动填得满满的，然后出发返程。他极少经历这种阳光的日子。他非常肯定地说：从前他太看低乡下人了。

尽管他还沉醉在他的梦境中，一直对那个闲散、牧歌似的日子无比怀念，但他仍然逼迫自己返回城市。他必须在火车站穿过人群，哦！这也太麻烦了！他一个人安安静静地站着。后来，他与富利格教授聊天儿，他已经无法再享受索伊达不存在的兴奋了。

"天然法则到底在哪里？这件事，在逻辑上又作何解释？假如她不存在，我就没办法看到她；如果我可以看到她，她就一定存在。既然她已经不存在，我为什么又会看到她？我倒要看看，诡辩者如何给我一个解释。——我只有一条路可走，一个方法行得通：那就是躲在房间里不出来。她不可能从钥匙孔中穿进来吧。"他把门关上，把门闩也插好，在沙发上躺好，要多惬意有多惬意。可是没过多长时间，他的房间里照进来一道光，之后一个人类的影像出现在这道光里。随着光晕越来越清晰，这个影像也愈加清楚、美丽。看！她的脸又出现了！"现在，索伊达，"他一本正经地说，"我请求你的正义感和公正感，我不会抱怨你的恨意和不快，缄口不言。外面的世界都归你，可是请你尊重我的居住地。至少，我在这里还享有居住权，我要安静地待在这里。你不应该一直追到我的住所里来，就像瘟疫一样让我无处可藏。"

"可是，维德！"他的理智劝告他，"这不是她自己的意愿，这只是你的幻想，我的幻想姐姐安娜提西亚在拿你开涮。"

"哪怕是这样，索伊达也应该更小心玩弄她的把戏。"他气愤地说道。

"我的把戏，我想怎么玩就怎么玩，我很高兴看到索伊达的头像；如果你有不同的意见，你可以选择不看，又没有人逼迫你。"她继续玩弄着她的把戏，即便在没有充分休息混沌的情况下，维德依然可以在他的房间里看到索伊达的身影。特别是到了晚上，当他的房间一片漆黑时，她出现的频率更高。可是维德又能拿她怎么办呢？看上去，他必须时时刻刻看到这个强势的灵魂了。一直到最后，这种侵犯已经不是什么祸害了。跳蚤活跃在其他人的房间里，而索伊达活跃在他的房间里。可是解决事件的关键就在于对于她存在与否这件事，他可以忽视，反正她一直都在。

忽然，晚上十点多，女佣回来说她生病了，这个消息迅速蔓延开去。他才刚刚从惊吓的状态中恢复正常，这下又陷入焦躁、疑惑的状态中。他似乎就在蚁山躺着。这件事他应该怎么做呢？他应该持何种观点？对于他来说，他不可能真挚地同情索伊达，他的心境和同情心相差十万八千里远，两者截然不同。她是我最可恶的敌人，是真真正正的背叛者。梦中的佳丽伊玛果之所以生病，都是因她而起。此外，因为把所有过往都抛弃了，他又必须为她感到悲伤，他的心中升腾起一股真诚、合适的同情心。在这个时间段，她确实是个正在经受折磨的生物。可是，对她要寄予多少分的同情呢？中庸之道的定义又是什么样的？最不好把控、风险系数最高的就是情绪了。在这件事中，如果对她多寄予一分同情，那么，就会让人觉得索伊达对维德来说是至关重要的；假如少寄予一分同情，他就会变成冷漠、让人厌恶的人。这件事真的是太难了。一直到晚上很晚，他都一直在想这件事。可是到了午夜时分，依然没有取得任何进展，依然在原地踏步，有时还倒退，越想越摸不着头脑。哎呀！不！这种可能性太恐怖了！如果她病得很严重怎么办？假如她就这样死了怎么办？——不会的，命运不会开这样的玩笑的，竟然会采取这么龌龊的手段逼迫他友善地对待背叛者。等到了下半夜，他诚心地祈祷命运，希望她早日康复。如此一来，他就不用友善地对待她了。这一晚上，他的情绪一直是起伏不定的，直到清晨，他已经彻底进入了一个混沌的状态。起床时，他差不多已经要病了。

顾不得吃早餐的他，迅速跑到明思特街："摄政官，你太太生什么病了？希望不是很严重。"他没有耐心等下去，就在客厅急着乱叫。"摄政官"都被他吓坏了："生什么病？她没生病啊！她只是牙齿有点儿疼而已——可是，对了，你叫我'摄政官'是什么意思？"

"没有，没什么意思啦！"他笑着回答，然后长出了一口气快速跑开了。他的祈祷被命运之神听到了。尽管牙疼不是很严重的病，可是还是会疼呀！"等等，太有意思了，在他想退居幕后的时候，她竟然生病了——感谢她的生病不是因为我。我要给予她一点儿回报（一个人依然可以在侠肝义胆下斗争的）！留心：她现在很痛苦——你觉得你应该如何？——我也去感受一点儿痛苦好了，就在同一位置——牙齿上感受一点儿痛苦吧。这样如何？这样做是不是显得我非常可敬？这就是所谓的君子之争。"他拉响了艾弗林格牙医的门铃。因为倒霉的维德刚好知道他住在哪儿。他跟牙医说，他把这颗牙或另外一颗牙拔掉。不管哪颗都行。

"可是这几颗牙都没有问题呀！也许你说的是旁边那颗老臼齿吧。把这个烂家伙拔掉，对你倒是有好处的。"

维德一直在和他的良心进行着斗争。这样做合适吗？原本拔牙是要忍受痛苦的，而现在却要在痛苦中收获益处？可是到最后，他还是决定拔掉坏牙。

当艾弗林格要给他笑气麻醉时，他的理性再次高声呐喊道："维德，你太可耻了！你来就是为了和她承受一样的痛苦，可是如今，你竟然怯懦地想把这个痛苦减轻。"

维德真的觉得无地自容，可是他一看到钳子，还是打定主意，即便他一开始做这件事是想要安慰别人，可是如今却对自己有好处，他也不需要拒绝。因为牙齿也属于他的身体，而且他并不是咎由自取，尽管是这样想，可是为了让自己更安心，而且也为了对他的理性进行抚慰，他把第二颗牙也拔了，依然是一颗坏牙，依然吸了笑气麻醉。

拔完牙以后回家，他边走边想，可是始终没办法定义自己的行为，他所做的这件事，到底会不会让人艳羡。从另一方面来说，当然不会每天都去拔两颗牙，而且他之所以拔牙，原因只有一个，那就是另外一个人牙疼；再换一个角度来说，他那两颗坏牙也算不上纯洁的献祭，而且为了不让自己那么痛苦，他还用了笑气麻醉。因此，教皇不需要对他这种殉教精神加以宣扬。

忽然，他发现了手术所带来的后遗症，他的身体变得很虚，他想要坐下来休息一会儿。可是他从来没有在公开场合露过面，不敢轻易到附近一间小旅馆去。在这个时间段，这个有些欠妥的时间——才九点过一点儿，他只有去打扰一位亲密的朋友。理查医生就在那条路上住，希望看在他身体不舒服的分儿上，医生太太不会太苛责他。最后她非常亲切地款待了他，还悉心地照顾他，在屋子里为他忙前忙后。她要维德在一张沙发上坐下来，还给他端过来一杯酒。这杯酒喝下去以后，他觉得舒服多了。他正想对她表示感谢，准备回家时，她劝他再多待一会儿："你的脸色还是很难看，我可以很真诚地告诉你，你留下来，完全不会给我造成任何困扰。"——他休息了半个小时以后，进来一位身穿外套、戴着帽子、神采奕奕的年轻女孩。"这位少女，"理查医生太太说，"你会发现她非常不一般——实际上，所有人都非常同情她——是不是呀？——我说非常同情她，是因为她曾经身受魏斯主任太太的救命之恩。你们互相问候一下，这位玛丽亚·里奥那·布兰尼塔小姐是我们城里最优秀的钢琴手，也是最漂亮、最让人移不开眼的女子，所有男人都会把目光放在她的身上。"

"是呀！就是因为魏斯主任太太，我才有机会站在这里。"她的眼睛里闪过灼灼的感谢之情，"我这一生肯定会做错事，可是魏斯主任太太会指点我，她是我的教母。"

理查医生太太对她这句话中很难理解的几个字进行了解释：那还是在布兰尼塔上高中时，她在游戏时不小心游到了水深的地方，漂亮的索伊达（当时大家已经这样叫她了），将她救了起来。"她就像在做一件极其自然的事情一样，没有脱衣服就跳进了水里。"布兰尼塔说着，"我依然能够看到她就在我面前站着，我们俩见面时，我正双手不停地扑腾着，口里被灌满了水，以至于连求救都喊不出来。我都还没来得及考虑死，就被救回来了。可是得救以后的我却很悲伤！我病了，而且病得相当重，直到如今我依然记忆犹新——是呀！音乐太美好了！我对内心深处的倾慕供认不讳。可是和那个喊出'不要怕，玛丽亚·里奥那，我来救你'的面孔相比，所有的音乐都黯然失色。在我附近，还有其他大概十几个小孩在那里游泳，他们救我简直易如反掌，可是他们都没有发现我。他们只会让我溺水而亡——可是我和索伊达都不会游泳，我们两人为什么都成功上岸了？我到如今都觉得匪夷所思。"

把这个故事听完以后，维德的心戏谑性地看了她一眼。他就好像被一颗陨星撞击了一下，这位可恶至极的魏斯主任太太为什么还会甘愿为了别人牺牲自己？也许她将所有的可恶都留给他了吧！为什么她只对他这么邪恶？他的心中涌现出各种各样的想法，想要找出一个完美的答案。可是此刻的他精神涣散，他的眼神一直落在这位美丽的女孩身上。假如不是因为魏斯主任太太，她早已香消玉殒了。因此布兰尼塔起身离开时，他也站了起来，提议一块儿走，目的是想要再看一看这个创造奇迹的女子。"拉撒路小姐，我能和你结伴而行吗？"

她微笑着答应了："拉撒路确实和我的名字很相配。"

"哦！维德也恢复得差不多了。"理查医生太太戏谑着说，"有美女答应和你同行，你马上就复原了。"

维德和这位"拉撒路小姐"说了再见以后，他继续思考："假如我被水淹了，她一定不会对我施以援手的！不，她会落井下石！"等会儿，那是谁？他差点儿要信以为真了——哎呀，果然是她——索伊达，鲜活的索伊达。她看上去很阳光，也很健康。她脸上也没有膏药，真是让人匪夷所思，让人不由得联想到：他牺牲了两颗牙，是不是让她的痛苦减轻了？这想法太荒谬了，可是也是有可能的。他希望自己有价值的牺牲会赢得她的夸奖，他稍有自信地走向索伊达。他希望她会对他表示一点儿感谢，可是她根本就没看他，就好像和他并不相识一样，同时转过身，专注地看着服装柜橱中的一顶帽子，身段放低了一点儿，直到从他身边离开以后，才把头抬起来。

"好吧！你就这样吧！甚至都不和我打招呼了。我俩的关系反正已经这么糟糕了，也不缺这一项——互相之间连招呼都不打。"维德用受伤但却尊贵的态度指着她说："大家都是这样，没日没夜地替她担心，操心得睡不着觉，可她倒好，连打招呼都省了。"她的行为太可恶了。最后他只有冷漠地把所有不高兴都赶出他的理智。可是他依然难以克制心中的愤怒：莫大的羞辱。当他的灵魂越来越受到这次羞辱的影响以后，而且不仅仅是受到了羞辱，他还听到了一些刺耳的话。最后他沉浸在巨大的痛苦中难以自拔。毋庸置疑，结果就是：他从她那里获得不好的事情，别人从她那里获得关爱。他甚至想到：她的可恶就像深不可测的深渊一样，才会对他这个溺水人幸灾乐祸！他持续对她的恶意加以品味，太可恶了。可是如今，特别是当他听说了拉撒路小姐的故事以后，觉得她比从前更漂亮了。忽然，他开始疑惑："她在淡漠地看着我时，眼底里有没有无法言说的笑意？她的眼光太令人怀疑了。"

一整天，他都在想着这个问题，可是一直无法下一个论断。夜幕降临，和往常一样，索伊达的头像再次出现在他黑漆漆的房间里，相比平常更加灿烂。他的疑惑被打消了，因为在索伊达的笑容中，他明显地看到了那隐藏在眼底的微笑。

于是他又气愤得不能自已，"你为什么要这样笑？"他挑衅地大叫道，"微笑是一种拥有多种意义的语言。我想要你给我最直接、最坦诚的答案。我想要你坦白你为什么要这么神秘地对我笑。"

没有回复，有的只是神秘的微笑中所弥漫开去的讥讽。

他无法自控地大叫起来："女人！可恶！不要再讥讽我了！行了！你用恶意不停地打压我，缠着我不放，在我落水时幸灾乐祸。可是我不允许你嘲笑我！"可是她依然带着那抹笑容，似乎他刚才什么都没说一样。看！一只无形的手高举胜利的旗帜，在嘲讽的面前挥舞。

"这怎么叫作胜利呢？这算是哪门子的胜利？"他大声喊道，"这样的胜利让我感到耻辱。拜托你，看在良好涵养的分儿上，不要让我再看到这面光荣的胜利旗帜，拜托把它拿走吧！"

然而她却好像没听到一样，任那旗子原封不动地放着。她看着维德的眼神里流露着讽刺的笑意，眼中的笑意扩散至嘴角，扭曲成狰狞的笑容。她的恶毒是前所未有的。那张狰狞的笑脸仿佛来自地狱，变得越来越恐怖，直到变成地狱之鸟的样子才停止：头上长着角，嘴变成了鸟喙。虽然是一副流露着可怕嘲弄讽刺标签的地狱之鸟的样子，但是五官却没有变化，还能认出是索伊达。

"这都是虚幻的影像，闪开！都闪开！"维德的精神在幻影的影响下承受着巨大的压力，几乎很难保持清醒的头脑，他挥着拳头打向幻影。就在这时，幻影发出一声尖叫，应声而裂，分散成了无以计数的碎片，但是却没有就此消失，反倒慢慢地向房间的角落里聚集起来。它们慢慢聚拢，各成一体，房间一边的角落里汇聚成了索伊达美丽的人脸的幻影，另一边是胜利旗帜的幻影。之前的一个幻影，现在变成了三个。"天啦，维德，你是不是疯了？这都是什么？"备受惶恐打击的维德不得不在还保持着清醒头脑的情况下辨别自己是否还神智健全："疯狂的前兆是什么？疯狂的人是分不清现实与幻象的。健康的人才能清楚地区分出照片是照片，幻影只是从照片中幻想出的虚幻景象。你现在是哪种情况？""我清楚地知道这些都是魔鬼的幻影，没想到我身上竟然会发生这种事情，但是我明知它们是幻影，却无法用意志力去驱赶，因为它们比我更加强大，我已经陷入其中无法自拔了。"

"还好，我还正常，不管这些幻影了，随它们去吧！"安下心的维德终于安静地慢慢睡去了。

当第二天清晨他醒来时，映入眼帘的房子依然没变。随着意识慢慢清醒，可怕的回忆又慢慢浮现在脑海里。昨天晚上让他差点儿疯狂的幻影又跑出来骚扰他了：美丽的索伊达、光荣胜利的旗帜，还有带着嘲讽笑意的地狱鸟。

"难道这一切还要持续下去吗？"的确，这一切还在继续，时时刻刻，每分每秒，这些幻影都围绕在他身边。他要不停地与这些幻影战斗，避免在痛苦的折磨下将现实与虚幻混合在一起。但是对付幻影是件劳心费力的事情，他只能一心一意地专注在这件事情上，没有多余的心思去想其他的事情了。他知道这种抵抗是没用的，但是却不得不做，不然他会疯掉的。但是他好不容易努力抵抗了一个小时取得的战果，却在下一分钟又灰飞烟灭了。这种绝望让他忍不住大声号叫。来自地狱的三重幻影不管白天还是黑夜都时时刻刻地围绕在他身边，不给他一分一毫的喘息机会，毫无怜悯之心。随着时间的流逝，它们反而越变越大：黑夜里，它们充满了每个黑暗的角落，冲着他狰狞地笑着；白日里，窗外、楼顶、天涯、海角，它们出现在任何目光所能及的角落里，冲着他狰狞地笑着。他已经口齿不清、神志模糊了，但是还没有到疯的地步。当一个人正态度友好地向他打招呼时，他竟然朝人家大声吼叫起来，原因是突然出现在他们之间的地狱幻影，这让他非常气愤。他的理性被内心的黑色急流包围着，河流中的斑斑红点，就像是从伤口流出的血迹。

一天夜里，他终于承受不住连日的疲惫说道："我坚持不下去了。我已经找不到方向了。"

就在这时，一个美男子出现在他眼前，向他走过来，拍着他的肩膀叫了声"维德"，就不再说话了。

维德满脸忧愁，看了看男子，又低下头，用手撑着，喃喃地念道："我现在唯一知道的事就是我要学好。"

美男子也安慰他道："对，学好，疯或不疯都没那么重要。"

这句话说完以后，虽然那些地狱的幻影没有消失，但是从伤口不断流出的斑斑红点的黑血却立刻干涸了。

发生这一切的时间是星期四。

他见到真实活着的索伊达时是星期日的早上，他们之间隔着人群，距离大概有抛出一颗石子那么远。"终于见到你了！"维德不禁发出一声叹息。在美男子"不要怕"的鼓励下，维德就像看到食物的饿狼一般向着她追了过去。美男子正盯着那个在身后追逐的狡猾敌人，除了用眼神示意和鼓励维德，没有多说一句话。

追上索伊达，看到索伊达的样子后，维德呆住了。他没想到真正见到后的她是这个样子的。她身形矮小，整体的身高还不足一米六，全身畏畏缩缩、可怜兮兮地走在路上。现在的索伊达除了那张脸还在以外，旗帜和地狱鸟的幻影都不见了，还有那些恶毒的嘲讽笑容和怪物也都没有了。和幻影里的索伊达相比，眼前戴着一顶过时又不合适的帽子的索伊达显得可怜极了！

终于，在他快发疯的时候，他找到了解决办法。只要待在现实中的索伊达身边，她施展的妖术就没用了。现实中的索伊达显然很怕他，胆小与狡诈是共生的。从此他尽量每天都去索伊达的家里，这样她的妖术就失效了，他也算是得到了医治。在索伊达家里，他就像是一只守着老鼠洞口随时准备进攻的猫一样，用危险的眼神牢牢地盯着她。没有幻影出现的时候他感到很满意。"在我面前，你自卑得什么都不敢做了吧！"不过，他还是感到很好奇，很想知道她是怎么召唤出那些来自于地狱的幻影的，把美丽女人的头像变成鸟头，可不是什么日常小事呢。所以维德常常出其不意地看向她，想要看看她是怎么变出鸟头的。但是索伊达的动作比他还快，一次都没被看到。

幻影不再烦扰维德了，因为它们的行迹被发现了，而且找到了主人。于是它们出现的次数越来越少，直到最后所有幻影全部消失不见，只剩下索伊达的脸。

原本这样的生活可以一直持续下去的，直到那一天晚上，发生了一件事情，让暂时的平静又被打破了。虽然那晚"摄政官"不在，但是另一位客人在场。她的表演照旧还是一些乱七八糟的歌。巧的是，她最后要唱的歌正是维德在梦乡之会听梦中的佳丽唱的歌。对索伊达来说唱哪首歌都是一样的，唱这首歌完全是她的无意之举，但是对维德来说，这相当于对他神圣财富的亵渎，这种突如其来的痛苦让他快要疯掉了。他有些语无伦次："索伊达，这种毫无感情，按着顺序随便唱歌的场合里，为什么要唱这首神圣的歌？梦乡之会是永恒的、崇高的，怎能容忍尤能的画匠去玷污？伊玛果是你姐姐，是我的新娘，你不能把她的坟墓完完全全地展露在外人的面前。你都不考虑一下我也在这里吗？这是来自地狱的邪恶还是人性的驱使？"他惊讶地看着索伊达拿出泛黄老旧的本子，表情冷漠地铺开，放在钢琴的谱架上。眼看着她伸长脖子准备歌唱时，维德拼命地拉回声音，跳向前，对着索伊达大声阻止道："不要唱这首歌！"他想要阻止索伊达，他想要在出声前赶紧改成哀求的语气，但是他发出的声音却因为难以控制的痛苦情绪而不得不从请求的诚恳语气变成了命令的尖锐语气。

索伊达的前额涨得通红，很显然她很生气。"我想唱哪首歌就唱哪首，我倒想看看谁能命令我？"她说话的语气中带着轻蔑和鄙视。

"我！"维德哀号。

索伊达霎时间找到了为什么一定要唱这首歌的原因，她理所当然地引吭高歌，就是为了和维德大胆的逾越相对抗。她开始唱起了梦乡之会的歌，而且无所顾忌地从头唱到尾。维德别无他法，只有容忍。他努力想找一种坚持下去的力量，耐心地听她唱完。他的眼睛像是在冒火，极度伤心地走到索伊达面前，无比仇视和厌恶地看着她。

"你想干吗？"她也不甘示弱地看着他，"假如你敢说一句过分的话——"

"不！必须改变一下了！"他一定得做个决定，周密地计划一个亲切的自降身份的方式，也让自己顺理成章地下台。可是他却无计可施，在这种迫不得已的情况下，他向他的想象力求救：他能够怎么样？

维德让步

　　雪早早地在八月就落下来了。理想社决定办一次雪橇竞赛大会，意在向这出乎意料的雪致敬。在回程的途中，所有加入到其中的人都在一家森林旅馆前停了下来，稍作休息。喝完茶后，维德也和其他人一样，看他刚刚坐过的雪橇在哪里。一位驾驶员用他的鞭子向他示意，他和索伊达，以及另外两位男士刚乘坐的雪橇就在某个方向。他说："最前面那辆里就坐着你的太太。"驾驶员为什么会将他和索伊达误认为是一对夫妻，他很是疑惑，兴许是因为一路上，他们都没有停止过拌嘴吧。

　　"等等！"维德热情地说，把他的钱包拿出来，然后掏出一枚金币递给他。

　　在灯笼的映照下，驾驶员看了一眼金币，然后惊慌地叫道："可是这是金的。"

　　"我知道，你留着用吧。"

　　"可是，为什么？……"

"因为在这么多人中，仅有的一个有知识的人就是你。"这句话说完以后，他就坐到了雪橇里面。回程的路上，他不发一言。

一到家，维德就把他的理性呼唤了出来。

"最近，我确实怠慢你了，可是请你不要介意，我希望你能给我提供帮助。"

"我从来不会因为这种事情生气。我要如何帮助你？"

"这个……我觉得那句在我兴致正好时说出来的话让人怀疑。不清楚究竟是何意。"他将金币的事原原本本地告诉给了理性。

"你要知道事情的本来面目？"

"当然，你不是说不管在什么情况下，都要诚实吗？"

"没错！你坐下来，好好听我给你说。可是你必须仔细掂量一下，我说的有没有问题。好，我开始说了啊！你把金币给那个人，只是因为他误以为索伊达是你的太太，是吧？"

"是的，这显而易见嘛！"

"你把金币赏给他，代表着你很高兴他会这样误以为。"

"也许是吧！"

"不要'也许''可能'，我要你准确地回答我'是'还是'不是'。"

"好，我觉得是'是'。"

"不！不能觉得，我要你清楚地回答我'是'还是'不是'。"

"是！"

"好，那我接着说。显而易见，一位跟你毫无瓜葛、无关紧要，甚至是根本都不认识的第三者，就是这位驾驶员，只是说了一句索伊达是你太太，就轻松赚得了一枚金币。这就充分表明，如果索伊达真的是你太太，你不知道会有多兴奋。"

这时，维德谩骂着跳了起来。理性的推断被他粗鲁地打断了。理性依然平心静气地说："嗯！如果你想听你愿意听的，那你就找个对你言听计从的随从好了。你一定要身心合一才行。我要走了。"

"不，请你不要走，我不是这个意思。因此你觉得是有可能的？太荒谬了！一个人怎么可能爱上他鄙视的人。"

"啊，哈哈，这样的事再平常不过了！对于一个男子来说，爱一个他所鄙视的人再寻常不过了。同时，你说你鄙视她其实是不真实的。你是想鄙视她，可是你始终无法做到。因为私底下你特别欣赏她。你不得不欣赏她。因为你不仅一点儿都不冲动，还必须保持公正。你难以抵抗她迷人的个性。为什么我讲了这么多话？我干脆跟你说，你哪里错了。"

对于维德来说，这件事就如同嘴上长了个怪异的瘤，他的心头升起一个可怕的想法："希望不是绝症！"是啊！相比贻笑大方，还不如自己去找医生看。结果医生疑惑地看着他，对他说："没事，你来得很及时，只需要施行一个小小的手术，就可以把这个东西取掉。"

他灰心失望地想要医生重新对他进行诊治："这种瘤不是忽然有的，肯定还有其他的症状。"

"是有呀！"他的理性回答道，"比方说那一晚，在医生家里，你偷偷摸摸返回饭厅，只是为了吃一个她吃过的橘子。"

"那是我幼稚！"

"我赞成你的意见，可是你的幼稚就是一种病态。还有在魏斯主任家，他们夫妇把卧室的门开得大大的，然后你就站在门口叹气，你还有印象吗？——那时，女仆还关切地问你：'你是不是身体不舒服？怎么不停地叹气，似乎病得还不轻，要不要给你倒杯水？'"

"啊！我在唉声叹气？我怎么一点儿印象都没有？"

"我相信你肯定叹过气。叹气这种行为常常是自然而然地发生的。我觉得女仆说的是真的。还有一次，你把扫壁炉的扫把当作了索伊达，然后跟它讲话。扫把回复你说：'你肯定搞错了，我不是你嘴里的什么索伊达。我是奥古斯特·赫里玛。'"

"这又能证明什么呢？我只是有点儿三心二意而已。"

"这证明你无时无刻不在想索伊达——你把她的手帕偷走，然后假装特别热情地帮她寻找，而且那条手帕为什么一直在你身上带着？我可以肯定地说，那条手帕现在就在你身上，对吧？你看，你的脸都红了——还有那次你冒充英雄好汉去拔牙，的确是这样吧，你为什么如此失望？你的快乐去哪儿了？你为什么像一条上钩的鱼？似乎已经被带到了荒漠地带？你为什么要和人发生争执？你为什么像个得了风湿病的老士官一样对这个世界牢骚满腹？原因只有一个，那就是你生命中少了一种东西，更准确地来说，就是你想要索伊达。你想要的真相就是这个。"

一番探讨以后，维德呆呆地坐了好长时间，巨大的真相让他一时间不知道如何是好，他已经接近于崩溃了。忽然，他再次焕发了精神："高贵武士会来拯救我的。"他这样对他的灵魂下着命令。

听到他的命令，高贵武士出现了。他手上拿着闪闪发光的武器，后面还有一只让人恐惧的狮子。"我来了，你想让我做什么？"

"危险！我们中间存在背叛者，有人背叛梦中的佳丽伊玛果交付给我的神圣职责，而且这个背叛者还向一个平庸之辈献殷勤。小心！把他看好了！把第一个向索伊达献殷勤的人，或用魏斯主任这种假名的人给我抓过来。"

"我马上去办！"自豪的武士全副武装地从狮子身边经过，狮子马上飞也似的走开了。没过多久，狮子就叼了一只可怜兮兮的兔子过来。"罪人就是它。"狮子怒吼道，又转头离开了。

"果然在我预料之中。"维德气愤地说，"当然又是那颗心，这只愚昧至极的兔子。它又让我身陷囹圄了。"维德把兔子的耳朵提在手里，斥责了它一番，"你没发现吗？你这个笨蛋。你这样做相当于让你的地狱之火越烧越旺。留心：你一定要学习怎么对恩人的爱进行区分。一共只有五点，简单至极，你看，蚯蚓那么愚蠢都弄明白了。"

"第一点：所有女人都无法忍受先爱上她的男人。她必须先对他萌生爱意，只有在男人完全不想理会她时，女人才会对你心生爱意。'我不知道''我不信'，对付她只能采用这种方式，要不然她就会让你生不如死。女人必须要经受折磨。如果你不让她们难受，她们就会让你难受。这不是因为她们天性恶毒，而是她们没有其他办法。这是自然法则。你知道自然法则是什么吗？就是无法改变的事实。知道吗？回答我呀！"

"ㄍㄨㄟ！ㄍㄨㄟ！"兔子叫道。

"没错，ㄍㄨㄟ！你按规矩办事就一定是对的。"

"第二点：要想让一个结了婚的女人爱上你，办法只有一个，那就是离婚，只有这样才能让一个结过婚的女人爱上你。可是我对这做法极其讨厌，相信你也很讨厌。结果是……回答我呀！"

"ㄍㄨㄟ！ㄍㄨㄟ！"兔子答道。

"第三点：你愿意用最大的快乐来换取一位对你没有半点儿热忱的女人吗？而且她还看不起你——第四点：一个知足的太太和快乐的母亲心中当然是没有爱情可言的。你不可能让一个刚吃饱的人觉得饿。"

"ㄍㄨㄟ——"

"第五点：这个女人看到你就想逃！——"

"ㄍㄨㄟ——"

"闭嘴，不要ㄍㄨㄟ地叫个不停，先听我说。"兔子偷偷溜了下去，一个跟头翻倒在地，然后匆忙爬起来一瘸一拐地走了。"你！"维德在它身后大叫，"你小心一点儿，要是再被我抓到你背叛我，或不乖乖地想问题——"

"我好好斥责了它一番。"维德笑得很得意，"我猜想将来，那只兔子也会老老实实的。"

可是为了再次确认所有人都是一心一意的，他开始准备好在灵魂的挪亚方舟中好好搜索一番。从最高的船樯到最低的地窖的潜意识，他一个都没有放过。他不停地向更高一级的动物宣讲、劝诫，把预言告诉它们；而对于低级动物，像潜意识，他则把它们拎起来，在它们面前展示将来的无限荣耀。同时提醒它们提防玩一种叫魏斯主任太太的倒霉游戏。他用甜言蜜语让它们加强防范，而且把未来无限美好的场景展示给它们看，激励它们先少安毋躁，规规矩矩的，不要轻举妄动。最后为了得到一个好的结果，在狮子的怒吼声中，他走到了楼梯上面。

"你们相信吗？"

"相信！"

"好！那就不要懈怠，互相关照！"

这是一次极为恐怖的、焦灼不安的全面检测。他的平衡点已经被焦躁完全压下去了——他付出了不少精力才得以保持的。他像个背负三座大山的巨人，背已经挺不直了。可是背负着这么重的担子太难过了，他觉得他不应该承受如此重的承诺，干脆都放下去，把一切都做个了结。

在第一天的时间里，在从白天到夜晚的时间里，在时间自然而然的流逝中，他的身体开始恢复，不再觉得筋疲力尽，而是觉得稍许有所适应。他的焦灼感已然麻木，慢慢可以忍受他那可怜的处境。他不再有知觉，也感觉不到危险了。只有非常强烈的刺激才会让他感觉到有危险。他问自己："我是得了伤寒，还是产生了幻觉？"

过去三天的时间里，没有发生特别棘手的事情。刚好相反，所有一切都波澜不惊地进行着。有一天，"摄政官"在街上偶然和他相遇，便一起喝啤酒。维德竟然可以敏锐地、直击要害地和他一起探讨现代和古代的爱情因为什么而不同。他竟然保持着平心静气的态度，似乎他和这话题根本没有关系一样。不！可以这样对爱情进行探讨的人，一定没有深深地沉浸在恋爱中。他还有印象，当时在交谈中，"摄政官"一时兴起，自然而然说出了这样的话："实际上，我对你所说的话表示百分百赞成，只有欲望会把爱情给毁了。例如，拿诗的标准来衡量婚姻，真正真挚的爱是找不到的。"

哎呀！"摄政官"！你似乎在说一个一往无前，已经吃撑了却还要不停地吃的人。当然，"摄政官"回过头来思考他所说的话时，又迫不及待地想挽回他刚刚的这种说法，他觉得这种说法不太周全。"这意思是说，"他给自己打圆场，"这样的事情只会发生在虚假的爱情上。就算用诗的标准来衡量，在婚姻中依然可以找到真正真挚的爱情，而且这种爱情只有在婚姻中才会露头。"真是怪了！所有事情一瞬间都变得无足轻重了，无论"摄政官"爱不爱，他已经全然不当回事了。毋庸置疑，他的理性让他在这方面没有留下丝毫余地。理性不停地敲打着他，可是让人羞愧的是，就算在这种情况下，他依然要同意"摄政官"邀请他周五一起吃饭。当一个人被重重压力所包围，心情极度失望时，被人邀请总是觉得欣喜的。他也一样，强迫的成分只占四分之一，其他四分之三是他本身的需求。

从周四到周五晚上，一切如常——白天，他在工作。吃过晚饭以后，他出去——直到晚上有个梦成了他的叛徒。他梦到索伊达活跃在他的卧室里。一只脚穿着袜子，一只脚什么都没穿。"我的袜子去哪儿了？"索伊达一屁股坐在地上，把另一只脚上的袜子也脱了，抛到空中。袜子像风车一样从天花板上飘落下来。一会儿以后，局面更加糟糕了。忽然，索伊达一身童装打扮出现在他的身旁："往那边去一点儿，去一点儿！"她一边指示着他，一边把他往墙边推，而且在他身边躺了下来。他吃惊地瞪大了眼睛，结结巴巴地问："可是……可是……你不是'摄政官'的妻子吗？""我？怎么可能？你怎么会有这么荒谬的想法。那也太糟糕了，我竟然睡在'摄政官'旁边，太让人作呕了！啊！"他的心在叹息，就好像死囚突然宣布释放一样："这怎么可能？她是我的，而不是'摄政官'的？天啊，我不敢相信。如果，到头来终究只是南柯一梦呢？""你今天是什么情况啊？"索伊达气愤地指责他，"如果这是一场梦，为什么那边的摇篮里睡着我们的孩子？他不可能是'摄政官'的孩子吧？这么清楚的事实！""哦！哦！索伊达，索伊达！你知不知道，我梦到你竟然是'摄政官'的太太时，我的心是多么难过啊！""为什么会做这种愚昧的梦？"索伊达鄙视地说，而且还接着用泼辣的语气说，"傻！"并用脚踹他，还打他耳光，撕他的嘴。

他醒过来时，手轻抚过床帮，发现事实和梦刚好是相反的：维德一个人孤单地躺在床上，而索伊达呢？却和"摄政官"睡在一张床上。维德对自己的处境再清楚不过，所以他知道他的梦并不是空穴来风。维德难过地了解到，尽管他的灵魂那么卖力地想诗化他的恋情，可是到了现在，他无法再继续自欺欺人了。他知道他是真的恋爱了！从外到内，到内心深处，都深深地沉浸在恋爱中了。他必须爱那人！爱苦苦折磨他的人！爱一个他已经习惯性鄙视的、漠不关心的、不熟悉的、名叫IX的女人，一个他恨得咬牙切齿的女人。而他维德又是谁呢？他维德是尊贵的伊玛果的丈夫，他知道快乐已经远离他了。他最宝贵、最珍视的人已经离他而去了。维德沮丧地看着墙，想要忘记所有感觉和知觉。可是他却时常被恋爱的想法所打动，他再次感受到了侮辱，就好像把石块加到云上面以后，云就无法飞起来了一样。最后，维德打定主意，他依然要活下去，因为他的身体已经开始讨厌他赖在床上。身体的躁动正好表明他还是健康的，而在床上也确实做不了什么。他从床上下来站到地上。即便是羞辱地站着，也强过羞辱地躺着。

　　维德傻愣愣地待了一天，精神萎靡，羞辱也一直没有放过他。到了晚上，他的脑海中再次涌现出一个极其难过的记忆。今天晚上是星期五，他同意了"摄政官"的邀约，要一起吃晚餐的。现在？在如此萎靡的状态下到"摄政官"家去？去和索伊达见面？这种想法太吓人了！可是他的承诺却一直在呼唤，似乎像牧羊犬用鼻子推着走散的羊一样，将维德往正路上赶，他没有其他的选择，只能无奈地去"摄政官"家。

　　那一夜真是太可怕了，那一夜也是被所有美和善鄙视的一夜，那一夜还是极度无趣的一夜。他根本没有收到正式的邀请。他刚一进门，就察觉到了。他突如其来的到访只会增加别人的烦恼。

　　此外，在如此颓废的情况下，他甘愿自己一个人待在其他地方，而不是在索伊达家。其他客人极易察觉到他这种不乐意的心情。可是别人的了解和洞悉，却无益于维德的心情。因为他不想听音乐，所以其他人也不敢弹钢琴，整个夜晚都毁于他之手。实际上，他根本不是有意要破坏这个夜晚，可是他难以控制自己，他只想宣泄。而且他此刻心情非常低落，在别人看来微不足道的小事，都会让他大受刺激。不！他太弱了，以至于根本没有力量和外来的干扰对抗。

之后，维德看到了脸上没有任何表情的索伊达，两眼直愣愣地看着前面，眼睁睁地看着原本美好的音乐晚宴惨遭破坏。索伊达已经颓废到极点了，差点儿都忘了朝维德发火。看到这种情形，维德很伤心。他对索伊达深深的歉意在凌迟着他的内心。"可怜的索伊达，你知道吗？"维德抚摸着胸口，向她致敬，"我先把今天的账给你保存好，以后再由你对我进行处罚。可是索伊达如果你现在就对我有所了解，你就不会因我今日的所作所为生气，因为我确实太悲伤了。"

大部分宾客都过了一个不太愉快的晚上，提前离开了宴席。

维德把他的伞忘在宴席上了，所以他折回去拿伞。"请稍等片刻。"在女仆把伞递给维德时，女仆提醒他，"我去拿蜡烛，瓦斯灯已经关了。""没关系，不用了。"维德边说边往门口走去。这时，从楼上传来索伊达的提醒声："当心点儿，房子前面有三级台阶。"

维德很感动索伊达会提醒他，似乎天突然开了一扇窗，他的心里有阳光照了进来。霎时，他的心被幸福填满。"什么？她！她竟然会这样对她极度怨恨的人？她完全有权利让他不好过，继续让他灰心失望，再加上他刚刚让她的宴会没有圆满举行。可是索伊达竟然给他提醒，以免他遭遇意外！哦！她太大度，太善良了。维德，你这个冲动、愚昧的生物，你不能对这位尊贵的女士加以鄙视。假如有人应该被鄙视，那个人也不应该是她。你是坏种，而索伊达自始至终都是好的。'当心点儿！'你听到她对你所说的话了吗？她竟然会这样对你说话？"索伊达的话语就如同竖琴的声音在寂静的山谷飘拂，激荡在维德的心中。怀着极度的倾慕之情，维德跟跄跄跄地从索伊达的家门走了出去。他之所以要跟跄着前进，是因为他的身上滚烫滚烫的。

走到家门口，维德又回过头来面对索伊达的公寓，深情地呼唤："伊玛果，我的梦中佳人！"维德高呼着索伊达。"不，不单单只是梦中佳人。因为索伊达太伟大了，其肉体的气质也更加动人了——索伊达和伊玛果已经合二为一。"维德快速走到房内，把灵魂内的所有居民都呼唤出来了，"孩子们，告诉你们一个好消息！你们可以爱她了，而且可以不遗余力地爱，甚至无限制地爱她。你们的爱越浓烈越好。因为她是尊贵的、友善的。"

他的允许得到大家的热烈欢呼，挪亚方舟的居民在维德周围手舞足蹈，而且不断有陌生的团体也出来一起庆祝。他们团聚在一起，手擎火把，头上还有树叶。维德笑呵呵地看着他们庆祝，欣慰于自己所做出的决定。维德就像个国王一样，在经过连年征战以后，终于在宪法上签上了自己的大名，人民也在巨大的欢乐中认可了国王的旨意。人群中雄赳赳、气昂昂地走过一大群朝臣。尊贵武士手握绑狮子的绳索，指挥身穿白色胄甲的武士。"陛下，批准了。所有武士都希望您过上幸福的生活。自始至终，我们都没有质疑过您的决断。"

"以前你们为什么不告诉我这些？"

"因为我们不敢忤逆您的旨意。"

"所以尊贵的武士在爱情面前也束手无策。"维德坚定、顽强地站着，他的精神是愉悦的、自由的，"拯救幸福就是允许自己去爱，去爱你一定要爱的人。"

发　抖

　　与此同时，冬天值得庆祝的日子纷至沓来，先是圣诞节，然后是除夕。毋庸置疑，维德一定是远离人群，一个人过的。他不是一个家庭型的忧郁主义者，也不是一个把心情寄托在日历上的人性主义者（他们可以一整年都摆着一张臭脸，可是一到除夕夜，就马上和颜悦色地对待所有人）。在这家人团聚的快乐时光里，维德清楚地知道安宁和简单才是他所向往的。

　　可是对于他来说，元旦早晨出于礼貌而进行的拜年是必不可少的，所以维德不能理直气壮地说不。他礼节性地拜访了一些家庭，其中就有最难的两家，分别是石女士和魏斯主任家。他决定最后再拜访这两家。

　　当他来到多次拜访的石女士家花园的台阶时，维德觉得有点儿不知所措。"这样的拜访将会比较坎坷，希望不要触及私人话题，以免被人指控。"可是，出人意料的是，这次的拜访非常顺利，石女士温和地接待了来访的他，似乎他们昨天才见过面一样，而不是已经整整半年没有见过面了。这次拜访中最不好的地方就在于，相比以前，石女士对他的态度明显不如以前开放、熟悉了。她笑着跟维德说："在晚上，我用熔铅倒在水里的算命法代你占卜了一下前程。当然，这是一种迷信，我不得不承认。可是，如果神谕代表着吉兆，我会欣然接受。神谕所说和你有关的事，我是笃信不疑的。神谕说：终有一天，你会遇到一个爱你而且忠贞于你的妻子，她公正而谦卑、年轻而美丽；她会一心一意地对你好，让你的生活充满阳光。此外，你们还会有一双非常可爱的小孩。总而言之，就是你这一生会非常幸福。"

"我？幸福？"维德面露难色。

"是的，幸福！和世上所有人一样幸福，即便你如今表示怀疑，可是我可以感觉到。我知道你会过得很幸福，因为你有幸福的本能。你知道我想做什么吗？我要爱你将来的太太，尽管我现在还不知道她是谁。我希望我有机会在有生之年看到她，那将是我一生中最幸福的时刻了。如果天不遂人愿，请代我真诚地向你太太致意，告诉她我从内心深处祝福她；我还要谢谢她，因为她爱你、友善地对你。"

"我的太太？我的新娘？你在说什么呀？太奇怪了！"维德陷在忧伤中难以自拔，他跟石女士说了再见，继续拜访下一家。他就是怀着这种疑惑的心情去主任家拜访的。

他一进门就看到了索伊达，她正抱着孩子。因为有客人和礼物，孩子很高兴，也很激动。她也将手自然地伸向维德，随意说了一些和节日相符的话："祝愿您新年快乐、万事顺心！"

她这样对他说！她祝他快乐！听到这些话，维德又开始难过了，他什么话都没说，就灰溜溜地走了。（"这个维德，怎么这么奇怪？”）维德快速跑向后巷，再跑到郊区——他被巨大的城市、无以计数的人和探询似的眼光逼迫着走向森林。可是他根本就没有这个体力。在他离森林边缘热情的松树还有很长一段距离时，他已经体力不支，倒在了雪地里。他成了一个麻木的、逻辑观念缺失的、不会思考的受害者。这时他已经不会再觉得惭愧，也不会觉得要克制自己，就如同中了很深的毒的人，尽管跌倒在人群中是不太合时宜的，可是他根本考虑不了这么多了，只是痛苦地摆动着自己的身体。所以，维德哭了。这时他的肉体告诉他的理智："我还在这里。"他听到一位农妇怜悯的话语："也许他的亲人过世了。"

这一刻就像一条河突然在水坝上找到缺口喷涌而出。维德的眼睛很快就被向往穿透了。自此以后，维德就只能和泪水做伴了。在没有任何提示的情况下，他就会臣服在眼泪的脚下。不管是剧烈的打击，还是微小的刺激：铃声、音乐。他曾经看到过的街道的场景，倾诉着童年与家乡的雪花，还有像苍蝇飞一样简单的声音，都会对他产生剧烈的冲击。人要逃到哪里才能痛痛快快地哭泣？为什么难过的人找不到一个可以躲避世人探询似的眼光的地方？每个人都有很多没什么意义的权利，可是为什么无权哭泣呢？

发作间隙，他的情绪会变得平和。他希望得到陌生人的关爱，希望见到一些友善的人。因为这些原因，他尽可能远离熟人，而到客栈等公开场合见一些不相干的陌生人。在这些地方，乡下普通人都不会关注到他，只要人类交谈时不提到他，他就会觉得很宽慰。可是他的估计总是有误，他想在小镇中躲避熟人，可是却在这里遇到一位认识他的人——"摄政官"竟然出现在一家啤酒酒吧的大厅里。看到维德，他示意他过去，并把身边一位奇怪的人介绍给他认识："艾德华·韦布，伦理学家。""摄政官"还没将"伦理学家"四个字说完，维德体内就开始新一轮没有缘由的刺激——大笑不止。他发出了极大的笑声，大到难以遏制的程度，他整个人都臣服在它的脚下，以至于他不得不跳到众人中哈哈大笑。维德尽力压制住自己，可是他内部的刺激却越来越强："嗯！他还叫艾德华，你看到没，他的脸就明明白白地告诉我们，他想要世界和平。他也只能露出这个表情。"维德见自己根本控制不了时，干脆跑到街上笑个不停，路过的人都忍不住跟着他笑起来。他们说道："你看！他很愉快啊！"第二天，维德满心忧虑，准备去向那位被他"大笑"过的先生说声对不起。可是他正准备敲门时，他又遭到猛烈的打击，因为门牌上的"伦理学家"几个字向他发起攻击。他两次逃走了，第三次，他严正地要求自己回去，可是毫无作用。那几个倒霉的魔术字依然不允许他从门槛上跨过去。

自此以后，他时不时会大哭或大笑一阵。这些魔鬼已经知道往哪个方向跑了，于是他们就在这条路上来来回回。即便是最没有价值的说法，也会引发动乱。看到一只鸡喝水时把它的下眼睑提起来，然后将头仰向后边，维德会大笑。此外，他在旅馆的桌子上读书，看到旁边正在吃饭的三位面粉工人，他会忽然忍不住大笑："好呀！这里竟然坐着三个雪白的面粉工人。"

"先生！维德，你一个人在玩什么呢？"

"过去的四个月，你都干了些什么？"

一天上午大概十一点，他的眼前出现一个闪电想法，电光火石一般碎裂在他的眼前。"如果善良会在如此大的程度上帮助你，为什么你不去寻找善良的源泉呢？解铃还须系铃人——不要再肆无忌惮地糟蹋自己了，你已经输得够惨的了。你怕谁呢？怕她吗？一个女人不会冒犯你！怕你自己？天哪！你现在是如此弱小！如此卑微！暂且一试嘛！也不用承受多大的风险！只是去探望一位女士而已！而且她和你还是朋友呢！你之前不也经常去吗？她也没把你怎么样嘛！而且今天就去拜访！不要再犹豫了！你还可以找到更好的理由，今天不去吗？"

"没有，不管是今天去，还是明天去，没有区别。"

"如果你确实想今天去，就赶紧去。现在正是最好的时刻。"

"这个想法真不错，先让我全面检查一下，看看里面一切有没有不平衡的地方，以免到了关键时刻，里面的某位仁兄会用他的神经问题戏弄我，让我下不来台。"

维德非常严谨地对自己进行了一下全面检查，每个地方都很平静，不管是血液还是神经，都完好无损。所以维德自信地走向她的住所。

维德刚进门就看到了她，她正一个人在裁缝桌前坐着，冷清又寂寥。之后所有一切都似乎是通过水晶球望过去一样，开始熠熠生辉，剧烈摇晃。最后，维德号啕大哭，在她的脚前跪了下来，狂热地亲吻着她的手。后来，维德也忽然讶异自己的行为，极度羞愧地跳起来，试图逃之夭夭。

她温柔地搀扶着他："你要去哪儿？你想干什么？"

维德哭着说："我想找个森林洞穴藏起来，我的灵魂都快要惭愧死了。"

"你留下来吧，我帮你把眼睛擦擦。"

她带着维德到了卧室里面，"我确实一无所知。"她的声音趋于平缓，"我一直都不知道，我不知道竟然如此严重，我做错什么了吗？我是不是一个有罪之人？"

维德就像躺在手术台上的病人，一句话都说不出来，也无法抗拒，任由她为自己擦拭。"太羞愧了！"维德偶尔会哀号，"太羞愧了！"

"喜欢一个人难道很羞愧吗？"她轻声安慰道，"这样的事是控制不了的，难道是因为我这人太差劲了，以至于喜欢我都会觉得羞愧？"

维德没有回答她，只是把嘴唇咬得紧紧的，直到出现殷殷血迹。

这时，摇篮中的孩子醒了，活动了一下四肢就站了起来，一脸好奇地看着他们。母亲把他抱起来，轻声说道："看呀！那边那个人好可怜啊。他受到了一些伤害，可是没有人指责他，也没有人伤害他呀！伤害他的其实是他自己，因为这些不存在的东西都是他自己臆想出来的——""现在，你向我保证，你不会有任何伤害别人的想法。"在互相说再见时，她这样告诉维德。

维德走时，她又说："我严肃地跟你说，假如你确实喜欢我，你要向我保证，不，你一定要听我的，你最好再来找我们，我们会治疗你。你如果再多了解我一点儿，你就可以自行判断，我有没有像你想象的那么宝贵，那么独一无二。"

"把我的爱情告诉她！"回家的路上，维德意识到一些事情以后对自己说，"把自己完全交给她，就像药房里罗曼蒂克的学徒一样，像小说中的主人公一样，放弃自己的所有。我就是这样对待自己的，流泪、亲吻、温柔地跪下，所有的可笑行为都被我做完了。那果真是我吗？哦！朋友！这种可怜，这种善良的抚慰。我还能在这个世界上干什么？"

"什么都不要做。"他的理解力告诉他，"只要你一直健康下去，所有都会回到正轨。"

"可是这是奇耻大辱！奇耻大辱！"

"可是和被爱相比，爱人根本不是奇耻大辱。"他的理解力也许没错，而且一切已经既成事实，那就不要再管它了！她不是告诉过我——"我会治疗你，请再找我！"

无论维德有没有听从她的指示，对于维德来说，再次到访轻而易举。一个饱受病痛折磨的人最终不会再排斥止痛药，而且会反复问自己还需不需要再吃。痛的程度分很多种，有的痛楚会让人把自尊和羞耻都抛到脑后。维德这时的痛只能这样表达："救命！"可是这所有痛苦他都管不了了，他什么都不顾了，也无论对方是谁了。他现在只想和他深爱的人促膝谈心，那声音太动听了，那修辞太美好了，他的面颊还被她的手摸过。还有什么是他想要的？在那里，他可以得到抚慰、救赎、生命，世上其他的事都可以先放到一边了。

第二天，第三天，甚至在这之后的每一天，他都去拜访她。而且每次，她都是一个人安安静静地在裁缝桌前坐着。她已经答应维德夸赞她"可爱"。这太美妙了！要知道，之前，他只能远远地躲在寂静的森林里难过地痛哭；而现在，他却可以向一位友善的人诉说自己的悲伤，让她漂亮的大眼睛注视着他。对于一个流泪的孩童来说，只要看着他，劝慰他一些毫无意义的话，他就不会再哭了。所以即便她说一些无关紧要的话，他也可以得到抚慰。只要他能听到他想听到的声音，那一切都会好好的。第二次拜访时，维德不再哭泣了，就好像伤口上的刺已经不复存在了一样。他的情况也因为见面次数的增加越来越好。"我们要治疗你。"她这样告诉维德，事实上她也这样做了。

实际上，维德也是有快乐能力的。所以，没过多长时间，维德就恢复了。他也拥有了一项特权，每天早晨都过来拜访她，献给她爱。这时，维德获得了一种满足，而这种满足让他觉得幸福，所以维德基本上都是快乐的，除了必然要承受的一些痛苦以外。为什么他还不满足呢？每天她都会和他度过一小时的快乐时光，就好像是新式的梦乡之会，而且拥有更高的境界，甚至维德还深入了一步，和她一起拥有一个秘密——维德的恋爱。除了"摄政官"以外，也只有他有这项权利，可以拥有她这么多。不过，维德从来都没有想过超越"摄政官"的权利，他也从不操心她爱不爱他，他甚至对此毫无兴趣，因为这些问题，维德已经想过很久了。他已经对一种坚定的信仰再熟悉不过了：个人是得到救赎，还是被损毁，是由内在力量决定的，而不是外在力量。相比真理，一张面孔要有意义得多。维德根本不想要她的爱，维德只要陪在她身边，让她的意象、声音、动作填满他的心就好了。假如维德可以带她回去，她丝毫不会介意，而且对她的憎恶可以甘之如饴。维德只要能陪在她身边，将她关在笼子里，绑在墙上，任由她打骂都无所谓。

她已经给了维德小小的承诺：她会好好地出现在他的面前，不需他动用武力。与此同时，她也在非常谨慎地保证二人单独相处。只要维德陪在她身边，她就会快速撵走不速之客，包括她哥哥在内。所以维德觉得从某种意义上来说，他们已经结婚了，当然是秘密的。这种感觉太好了，他觉得非常甜蜜。

在这段特别美好的时光里，他们之间慢慢有了同性之爱。当同性之爱越来越强烈以后，维德的爱也越来越合时宜，不需要再热切地大声宣告，慢慢变成和谐的低音。当然，这只是表面上的情况，可是已经让他有机会和她坐在一起交谈。随着情绪的起伏变化，他们有时会奏出哀怨的曲调。他们像同志一样热切交谈，欣赏艺术品，一起演奏钢琴曲。（"我以前怎么没发现你有音乐细胞呢！"）或听她讲她小时候的故事，对孩子的未来进行探讨，把房内的陈设介绍给维德。他们甚至有了一个可以互相放松的窝，可以互相拿对方打趣。

"你所说的那种恶毒女人就是我。"她笑着。

"呼！呼！"他恐吓她，装出吓人的样子，一边把手弄成爪状。

"来啊——让我看看你从前是怎么恨我的。"

"我无法再回到原来了。"他非常真诚地说。

有一次，她刚把一枚针掉了下来，维德以迅雷不及掩耳之势帮她捡了起来。她叫："尊贵、会捡东西的骑士，太好了。"

"丰斯尔①女士，你的针。"维德回答她的同时，也向她深深鞠了一躬。

一起演奏钢琴时，维德因为太过于专心而碰到了她的手，她会马上把他的手打开；维德在交谈时说了不干不净的话，她就会打他的手臂。一天早晨，她突然跳到他身上去，把他紧紧箍住，热情满满地对被她吓傻了的人说："今天是你保护圣者的生日。"

只有一点担心，让维德不太舒服。"摄政官"呢？他去哪儿了？为什么我从来没有看到过他？我们为什么可以整日厮守在一起？尽管楼上书房中偶尔会有马靴走动的声音，从门缝里偶尔会飘出来好像带有警告意味的烟草味。可是对于维德来说，这种秘密相处他很喜欢，只是他的良心不太好过，尽管他并没有干什么不好的事。可是他也不能鲁莽地上去敲书房的门，告诉他："主任先生，最近的消息你是否有所耳闻？我非常高兴，我已经爱上了你的太太，可是你依然可以安安心心地睡觉，因为我俩非常纯洁。"这种维多利亚式的禁欲让他很不是滋味。这些事不但是好事，而且还非

---

① 歌德女友的名字。

常高尚。如果他们之间的感情被第三者评判，维德也会觉得亵渎了他们之间的感情。"不管怎样，这件事不是我能管的。这是她的事，她是'摄政官'的妻子，而我不是，所以假如她良心没有什么不好过，那……"

他们像这样过了几个星期以后，她的行为就开始反常了。她变得多疑、善变、皱眉，以前的她消失了。一开始，他还觉得肯定是出现了太多的谣言，她才表现得像以前一样。谣言太恐怖了，而且已经发挥了效力。而这种谣言要么是她的女性朋友散播出来的，要么是对她又忌妒又羡慕的人散播出来的。

正难以继续前进时，可以考虑用一下其他办法。她找不到理由不再见他，或者小心翼翼地给他暗示。因为这个原因，她开始变得善变，让他的心疼痛不已（这颗心已臣服在她的脚下）。她指控他对她都是虚假的、善变的。

所以当他说到他们第一次在梦乡见面时，他们的交谈是这样的：

"诚实地告诉我，在那时你有没有真的爱我？"之后她自我否定道，"我想你并不是真的爱我。"

"为什么你会有这种想法？"

"因为你说过太多夸张讨好我的话。"

"我从来没有说过一句夸张讨好你的话，我只说你太美了。我依然觉得你代表了我的传奇。"

"就是这样的话，枯燥、美好、毫无意义的闲谈。对于爱好流行、容易受难的女人来说，这种话很有用；可是对于我，它丝毫不起作用。"

"现在呢？"他笑着说，"你还觉得我是在弄虚作假？因为前一秒钟，我还觉得你惊为天人。特别是今天，我依然觉得你代表了我的传奇。"

"嗯？"她质疑道，"有时是，不是所有时候都是？"

维德知道她的心里在想什么，所以他没有怪她："这位极具代表性的德国妇女觉得，在'疯狂的'形容词之内，不会存在真爱。"

维德通过她的行为，知道了一些事实。例如在交谈过程中，她会把孩子从摇篮里抱出来放在自己的膝盖上；或是当维德到她家时，她会戒备性地站在门后，而不主动伸出手。她的眼光中带着恐吓："狼——！你不要到我家里来。"尽管最后他都进来了。

在其他时刻里，她的心中有个多疑的夏娃一直在闹腾。如果维德一天没有出现，她就会要他做出解释。假如她刚好撞见维德和另一个女人讲话，她就会用戏谑并敏感的声音，声色俱厉地指责他："你和一般人无异，也终归是要结婚的。"这样一来，她会用非常难听的话指控他，似乎他做了特别无礼、卑贱的事情一样。有时，担心夏娃会折磨他，而且为什么不呢？趁你现在还年轻，还有青春！等时光飞逝，过去几年以后，你就是想折腾、戏弄人都没有可能了。

为了至高无上的虔诚的宗教，她一定要让他不好过。她开始把她的丈夫挂在嘴边，当然语气是平缓的。她把"摄政官"最近拍的照片拿给维德看："这是他过生日时照的。"要不然，她会幻想"我们的孩子，和当'我们'变老时……"

"哪个'我们'呀？"维德问。

"当然是我丈夫和我！还能有谁？"不自觉中，他们的特别关系中出现了一位第三者，那就是她的孩子——小克特。因为维德对他很友善，不知道是因为他爱他的母亲，还是恨他的母亲。一开始，维德根本没有将这个多余的生物放在眼里。可是慢慢地，这个小小的生物会对维德很依赖。他一开始学走路时会向维德走去，似乎他是他的父亲一样。这位父亲对他没有任何要求，他想做什么事都可以，也一直非常友善地对他，而且不会发火。只要维德和小克特在一起玩，母亲就会故意离他们远远的，开始刺绣，似乎要让自己短暂性失忆。偶尔会叹息一声，看着他们。她抬头时，眼里跳动着灵性和精神，似乎这一刻都被她的祈祷和奉献所笼罩，人类的幸福也看得见了。

突然有一天早上，毫无征兆、毫无缘由，她对他像对待仇人一样，甚至是有点儿粗野。"你什么时候离开？"她粗野地问道。

"为什么？你要让我离开？你一定要这样？"

"是的，一定要。"

"你让我受伤了。"

"你也让我受伤了。"

"我？——你？"

"是的——你告诉我一些你不应该告诉我，我也不应该听的话。"

"这！我也不知道怎么说，可是我还是得说。"

"一个人对于他不应该做的事，是不该做的。"

"大自然根本就没有什么应该、不应该一说。这是人类才会有的说辞。而且，假如你要我走，我不会拒绝，你告诉我一声就行了。那么，请你把你的指示告诉我吧！你要我走？什么时候？现在，还是明天？"

她一脸阴郁地看了他一会儿，然后变得焦躁。忽然不再看他，走到窗前看向外面。似乎是有一股磁力吸引着他，他来到了她后面，温柔地触碰着她自然垂下来的手。她只是安静地站着，似乎没有察觉到什么。两个人的身体，就这样合二为一，他们中间的电流在交流，她止不住全身哆嗦。假如没有灵魂的魔术，那么一定存在肉体的魔术。

在喇叭、铃声的伴奏下，他的脑海中出现一个想法——"现在！"他的想法督促道，"就是现在，要不然你会变得可笑，一生变成他人的笑柄。"

"那么，就一直成为别人的笑柄好了。"维德下定决心，把她的手松开了。

他的体内开始出现讥讽的笑声——"卫道者！卫道者！"

维德回过头看向后面答道："你们这些缺乏诚意，只喜欢毁坏别人家庭的人哪。"

太危险了！毫无目的的歧路！这个新生的幸福的前途在哪里？她会？她要？她做什么新决断吗？这些问题都是没有意义的。他要做的就是，无论在什么情况下，都不能让她遭受不幸。

难过的心

　　很久以后的一天，维德才知道自己真正的感觉是什么。那天早上，维德去查理太太家拜访，他和索伊达在那里碰面了。那天，索伊达心情不错，而且她一直以来都喜欢和人平心静气地开玩笑。总的来说，因为"他俩已经对彼此足够了解了"，所以，他们很自然地在一起交谈。维德多停留了一会儿，当时他俩被友善精神的魔术合二为一，没办法轻松离开彼此。

　　当索伊达亲切地和维德握手告别时，维德被刚才的气氛所感染，竟然问了一个特别天真的问题："你和我一起走吧？"

　　"当然不要！"她觉得意犹未尽，就又加了一句，"希望不要！"

　　"那你要去哪儿？"

　　"这还用问！当然是回家啊，我的丈夫和孩子都还在家里等我回去做午饭呢。"

　　"我呢？我算不算一个？我这么不受人待见吗？"

"啊！不，怎么可能，当然不！看到你，我丈夫会非常高兴的。"

索伊达不属于他，维德就像一只受伤的猫一样逃回了家。索伊达不属于他，而且他竟然还以为他的爱是纯洁的，是不掺杂任何杂念的。维德原本以为从人性的角度来说，一个人可以爱上另一个人，而且不需要那人陪在自己身边。可是索伊达不属于他，更为恐怖的是：索伊达属于另外一个人，属于另一个陌生人。当然，他早已经知道这一事实，可是这是第一次他在生活中意识到这件事。索伊达抛下他一个人，竟然是为了别人，甚至她竟然说"回家"。

受伤以后的他就这样躺着，伤口还在。一开始，伤口更多的是受到了刺激。可是现在安静下来以后，伤口的疼痛加剧。这个特权太让人生气了！名不正太羞辱人了！他必须整日等待，这个时间没有期限，也许直到世界末日。可是那人却可以一直和她待在一起；只有他不行，而且是一天都不行。那个别人是她的所有，而他维德什么也不是。那个别人不单单和她在一起住——而——啊，这种想法快远离我！另一个人所拥有的东西已经太多了，更让人伤心欲绝的是，索伊达不仅时时刻刻陪在他身边，而且还把爱和友情都给了他。那人伤心时，索伊达会给予他安慰；那人生病了，索伊达会担心；如果他死了，她也希望可以和他一起走。假如死人复活这回事是真的，她只要把眼睛睁开，就会马上去找他。这个人拥有多么神奇的本领啊，他可以拥有这所有的一切。这位胆大、无所顾忌的人究竟拥有什么神奇的本事，竟然可以拥有这么多让人艳羡的自豪。他是神吗？或者他拥有的美好和服务都要好过其他人，所以他可以拥有其他人没有的东西。

毫无希望，事实也无法得到一丁点儿的改变。无论是执拗还是想办法，他根本没有一点儿机会。反之，无论什么时候，不管是白天还是晚上，不管日子如何过，有一件事是毋庸置疑的：每一天都是在重复过去的日子。时间只会让他和索伊达之间的距离越来越远，只会让索伊达和那个人的关系越来越紧密。随着时光的流逝，互相之间的了解、回忆、感激和责任，都会越来越多，越来越深刻。索伊达和那人的孩子，让索伊达投入了更多的精力，所以让他们越来越享受为人父母的快乐。而且，这个孩子不会只有一个，也许还会有更多。为什么不呢？又没有人说不可以。

对于婚姻的力量，维德一开始看低了，他觉得只是摄政、代理的性质，他觉得婚姻依然具有分享的属性，可以共享。她把肉体贡献给了那个人，而把灵魂贡献给了他。所以他尽可能对自己进行更深刻的剖析。因为他缺少经验，所以他忽略了一件事，而这件事非常重要：肉体的神秘。动物的本能会让母亲甘愿为了生育和养育子女，而被迫放弃世界上的众多美好。这种本能迫使女人先贡献出自己的肉体，而暂时忽略心的感受。她的身体因为这种动物的本能而有了标记，标志着她从处女变成女人和母亲，她由此用自己的一生去爱上那个人，即便她一开始对那个人极其讨厌。女人的一生用洋娃娃、小宝贝、爸爸等字眼就可以解释完了。真是太可笑了！那些女人自问是否会爱上和她结婚的男人。我们可以尽情嘲笑那些步入婚姻殿堂而怨恨对方的女人，因为相比憎恨和爱情，婚姻更加伟大，也更会万古长青！

教堂里走过来一个年轻女人和她所讨厌的人，那个女人面无血色，就像准备掉脑袋一样。她已经对自己的人生不抱有任何希望了，她的心已经完完全全属于另一个人了。可是二十年以后你再看："孩子们！你们高兴吗？爸爸明天就要回来了！""我们一同祷告爸爸会顺利回来吧！"反之，另一位她真心真意爱过的人在离开人世时，她最多只会难过一会儿，艰难地掉几滴泪。从此以后，排在首位的依然是孩子的爸爸，婚姻的伟大力量就在于此。

不！根本没有希望！和天生本能对抗是再傻不过的一件事。挑战世界法则，这个人就是疯子。真理对维德说："日暮途穷！"他难过地承认："确实是这样！……"

维德终于明白，像崇拜神一样崇拜人无异于给自己下了诅咒。你们这些崇拜天上有神灵的人，不管你们的神是气愤的耶和华，还是像怪物似的莫洛克①，都是令人羡慕的，因为不管哪个宗教的神都极富同情心，神不会置爱他的信徒于不顾，所有神都会眷顾悲伤难过的人。居住在天上的神都是有感觉的，不会像石头一样冷冰冰。最起码可以很轻易地敬仰这个神，这些神都是非常高尚的，他们不是卑微的人类，也不会有个魏斯主任挡在他们中间。敬仰天上的神也不用包容克特的习惯。天主教的圣母也不会生育众多子女，甚至因为这些小孩而放弃了整个天堂和世界。敬仰一个人和敬仰一只虫其实并没有多大的区别，维德在理智回归时会这样想。可是一旦开始发炎了，如果只是有这样的想法，还不能把发炎治好。当心，他的四肢只是因为不多的像灰尘一样的毒药而变得苍白，让这些伤口钻心地疼。可是就是为了这种痛苦，他的爱才等同于宗教。因为在索伊达、伊玛果的象征性内容中，所有世界上的生物都组成了一个和谐的大家庭，似乎从一个慈母的脸上，可以看到一个人的故乡和所有的经验。维德深刻地感觉到，从他的灵魂深处升起一股难言的苦痛，所有幻象、意义、光照、脸庞、诗人都合起来变成一条纽带，让灵魂和现实世界紧紧相连，每个人身上都有清晰的血痕。他

---
①古腓尼基人所信奉的火神，把儿童当作祭品。

整个生命的经历似乎在让自己不可自拔地沉醉在思乡境界中。这思乡是思念万物归一的共有源头，一种想把自己找到的思乡病。因为那块乡土就是他本身，可是因为质疑的地狱恶魔，这块乡土变得极其遥远。

由于维德是看重思考过程的知识分子，在惨遭蛇咬以后，他会逼迫自己把那条咬他的蛇找出来。所以他和理智对有关爱、无爱、冷酷、无情、麻木的各种奇迹进行探讨，可是知识完全派不上用场。但他爱思考，唯一方法也就是思考，就算再伤心难过，也无法阻止他思考。反之，伤心难过会让他到处传播他的想法：你醒着吗？你有没有时间？我可以帮你解开这道难题吗？怎么可能？一个人把他最好的美好和世界上最宝贵的抚慰都给了另一个人，可是另一个人却不能回报他爱情。

他的理智答道："把所有资料都集中起来进行一下对比。"

"你爱神时，神是否爱你？""毋庸置疑。"

"你爱宗教，宗教有没有回报你爱？""有！不多吧！"

"你爱克斯提尔·阿拉地女公爵时，她爱你吗？""她可能根本都没有想到过我。"

"你爱一只蜗牛，它会反过来爱你吗？""它根本不会爱。"

"现在！答案就出来了。灵魂越低级，越不具备爱的能力。冰冷无情只是表现出智慧低迷而已。"

"把这件事记在心里，永远不要忘记，灵魂的富足是爱人的力量源泉。可是你维德依然把索伊达当作镜子，朝后看自己的样子，而且还一直想要得到这个女人。你的想法和观点都远高于她，可是你却像向往圣杯一样对她充满向往，就像是快要渴死的人对救命的泉水充满渴望一样。维德，这种情形你作何解释？"

"愚昧，太愚昧了！我亲爱的小人物。"他的理智笑着骂道，"只要你一直这样愚昧，这一切只会对一件事进行肯定，那就是，终有一天，你会更加理智。"

所以维德和理智商量索伊达的事情。可是，尽管经过商量，他依然没有感觉好一点儿，就像那次牙痛一样，越是想到它，就越是觉得痛苦难耐。如果不特意去想，痛苦依然会时不时对他发动攻击。他全身上下只会感觉到痛。他问自己，要想摆脱痛苦，是不是要逃到星光璀璨的宗教或诗歌打造的麻醉中才行，可是他却一直陷在他永恒的天谴中，他的眼前一直浮现出他深爱的那张人类的脸。她的出现只是为了从各个方面用迷人却冰冷的眼光让他陷入万劫不复的境地。

哦！你这个没有良心的，你竟然对我痛苦的单恋嘲弄不已。举一位母亲的例子来说，她刚好对我的情况进行了诠释。一位母亲看到她已经离开人世的儿子钻出了坟墓，借助天堂的光发生着变化，她的儿子还是和从前一样漂亮、迷人，母亲急急忙忙朝他走过去，可是孩子却别过了脸，疏离地看着她，更轻视地噘起嘴对众人说："那位想要干什么？"假如在你身上出现这种情况，你还笑得出来吗？他觉得在他身上也发生了同样的事情，他也产生了相同的感觉。他觉得自己已经丢失了身上最宝贵的一部分，而且已经发生了变化，用一种陌生的眼神看着他，太让人难以忍受了！太让人痛苦了！有时他因为难以忍受这种痛苦，竟然会产生种种幻觉，觉得这种事不会发生在自己身上。

可是维德是一个坚强的人，所以他请求他的理解力给他提供帮助："我应该往哪里逃？事情已经这样了，可是我要活下去啊，我快要无法忍受了，怎么办？"

他的理解力这样回复他："来，和我一起走，我让你看样东西。"理解力把他带到屠宰场里去了，"看看这些，我想对于你当前的情况，你应该不会觉得那么难以忍受了。"看过以后，他们回到了家，理解力接着说："你一定要明白，解决事情的关键就在于一定不能做难以收拾的傻事！只需要坚持忍受，什么也不做是最好的。我觉得大喊大叫都不要紧，只是一定不要用到'手'就可以。最重要的是抑制痛苦。一小时就是所有，特别是现在，不要做一些伤害自己的蠢事。一个堂堂正正的男子汉忍受一小时完全可以做到，更何况你是个男子汉——当然还一定要拥有健康这个前提——是的，你还是比较健康的——认真工作打发时间。痛苦依然在，可是你不用理会它。痛苦和我们无关，没有你，痛苦照样过得很好。你只需要工作就可以了，而且你知道你应该做什么。"

维德当然清楚自己的任务，这项任务就是照顾他的"坚信仕女"。她是伟大的女神。所有创造痛苦的魔鬼都会被她的呼吸赶走，偶尔他们不甘心，想偷偷再跑出来欺负他，"坚信仕女"的法力就会马上震慑住他们，让他们逃之夭夭。

当然啦，即便最辛苦的工作，也有休息的时候。晚上，当他的身体筋疲力尽时，维德就越发会遭到攻击，情况也越发凶险。有一次，他正在图书馆里走，走到一个专门存放月刊的地方，那里整齐地码放着不少月刊，他漫不经心地翻看时，突然像被蛇咬到一样，惊慌失措地跳起来。原来有一册月刊上的时间刚好是梦乡之会的那一年。所以经过这件事以后，维德都会小心翼翼地兜个大圈子，从这堆杂志、月刊的地方绕过去。

有一次，他经过一个女装店，橱窗里摆放着一条白裙子，上面还钉有闪闪发光的绿扣子。他的脑海里马上涌现出和她有关的回忆。哦！他就像中暑了一样！他看到索伊达身穿白裙子，腰间还系着一条绣着金色和绿色图案的白腰带。

这种类似的事情还有很多，一些看上去再正常不过的东西竟然都会让他的毒发作，陷入从前的回忆中。这把梳子看起来人畜无害吧！还有这把裁纸刀，可是它们都具有双面性。这梳子买于梦乡之会的前两个星期，这把裁纸刀买于梦乡之会后的一年，当时他们正在度蜜月。每次，维德伤痕累累的心都会大叫道："不可能！怎么会是这样，这根本不可能！""嗒嗒！嗒！"他的理解力这时会蹦起来，对他提出警示，"不要耍什么阴谋！是！是有可能。"没有多久，他想要宣泄的渴望就藏起来了。

就算这样，无论什么时候，维德都必须挺身而出。他每天都在战斗中取得卓越的成绩：基本上，维德都是以胜利告终，偶尔会打成平局，可是一直都没有战败过。

但是一到晚上，晚上！在他的梦中，被压制住的灵魂都开始释放，不再受到工作、意识和理解力的束缚，就像烧开水的茶壶，等到茶壶盖一揭开，就开始冒滚滚的浓烟。他每天晚上都会做梦，而且每个梦里都有她。维德坚持不懈地把索伊达带到他的梦里来，和她结婚，并执拗地说："我才是真的，其他都是假的，都是虚幻的。"每个梦都是相互连贯的，尽管每个梦都是独立的，今天的梦不同于明天的，可是今天的梦却和之前的梦是有关联的，就像一部完整的长篇小说，一个是前一个章节，一个是后一个章节。他的梦打造了一个枷锁，他被锁在了里面。所以，事实上，他过着"双重生活"。到了晚上，他和索伊达合二为一。他因为索伊达的微笑而容光焕发，因为索伊达爱的眼神而充满勃勃生机。维德在梦里和索伊达轻声交谈，他们之间无话不说。梦中的生活是美好的、精彩纷呈的；白天则是绝望的、充满痛苦的，只有无边无际的痛苦，让人无法摆脱的痛苦。为什么要醒来？只要他不被绝望包围，只要白天的伤口可以被疯狂的梦疗愈，为什么要醒来？就一直做下去吧！

"如果是这样，我倒是有一种特别奇特的药，一、二、三！"不等维德发言，他的幻想已经把一部动画片放映机摆在了他的面前，并马上开始播放节目了。一个人不可能装了假腿，还觉得自己是个健康人，可是为什么不行呢？我们可以假装自己是健康的，只要不关注那假腿就可以了。

他的门口站着一个卑贱的老妇人：没有朋友、没有追求者，也失去了美丽。她羸弱的目光正在请求怜悯。"当然了，当我变老了，变丑了，你也不会再认识我了。"她的目光在控告他。维德叫道："索伊达，我的新娘！你是因为想要把你永久的美丽隐藏起来，而戴上了这个面具吗？可是你不会成功的，因为梦乡之会所赐予你的荣耀已经把你的秘密告诉我了。你的眼神为什么这么可怜？你看，我向我的女王陛下表示敬意。"

索伊达答道："神啊，你太仁慈了！如今我又老又丑，竟然还有人给我这么多的爱，甚至比我一生所得到的还要多。"

"这个如何，你还喜欢吗？"幻想一边笑，一边继续放映动画片机。

维德看见索伊达在病床上躺着，因为火的焚烧，她已经和从前判若两人。她的亲人也不再管她了。看到如此惨绝人寰的场面，维德依然像走向祭坛一样朝她走过去。

"这幅画面一点儿都不好看。"维德埋怨道。

"当然是，你的爱甚至让你战胜了恐惧和厌恶，这才是最美丽的地方。请稍等，我还要给你放其他的。"幻想继续放映。

一位卑贱的女人，全世界都离她而去；一个女酒鬼因为酒精中毒正在地上翻来覆去。

"呸！"维德气愤地叫道，"走开！这个表演太疯狂了！索伊达最谦卑、最纯洁了。"

"可是——假如？"他的幻想还是没有放过他，"你坦白告诉我，假如是这样，你还会和她在一起吗？远离她？你不作声！好了，我已经知道了。顺便说一下，我还有很多其他风格的——不看？太遗憾了！你太不公平了！这几套里有非常浪漫的小插曲！也许你会对严肃一点儿的更感兴趣，是呀！稍等。"

幻想把一幅女人穿丧服的画面放映给他看，盛怒之下的维德把动画片放映机推到了幻想身上。可是维德也非常喜欢幻想，因为会让他看这种奇怪的画面的人也只有幻想。

维德开始回想自己还没有陷入这种角色以前的景象，那幅景象是在天堂。想到半年以前的幸福，幸福一直游荡在他的门外，等待他的许可。在维德看来，那时他要想得到她尊贵的友谊简直易如反掌，因为她可怜他。可是对于现在的他来说，他们之间已经不存在友谊了，因为友谊最高程度地表现出了同情。反之，让人无法呼吸的索伊达，不管是她的肉体、生命，还是爱、一句话，都足以让维德沦为一个悲剧角色。他差点儿都要因为这些清晰的回忆而懊悔了。就是因为他钻到了一个死胡同里面，所以才会变成现在这样。可是幸运的是，维德尽管现在很痛苦，可是一点儿都不后悔，因为他如果后悔了，就无法让自己摆脱绝望了。不！他一点儿都不后悔。尽管他的心中充满了渴望，从心底发出最凄凉的呐喊，可是他还是没有后悔，没有感到一丝一毫的悲伤。所以有一道荣光从他的痛苦中生发出来，这荣光和殉道者头上的荣光没有区别。也许在难以忍受痛苦时，他的嘴不自觉地哼了一声，可是他还是觉得痛苦就是在验证；他的神是伟大的。因此，维德的精神上升到了激动兴奋的阶段。他的灵魂游荡在尊贵中，他的精神随着节奏起舞。他的眼睛没有因为痛苦而流出一滴泪，所以他的眼睛里盛满了喜悦。他眼中的喜悦太多了，以至于有一天，他在大街上走，一位眼科大夫竟然把他拦了下来，问他的眼睛是怎么回事，而且还请求维德同意他对他那双吓人的双眼进行诊治。

他不仅遇到了喜悦，还遇到了诱惑。一天，魏斯主任给小儿子克特过生日。尽管这时，维德去拜访人家不太合适（"丑角、怪人，一切正常了，怎么又扮起隐士来了？"），所以他觉得这时最好不要让人们把议论的焦点放在他身上。（只是因为礼节）他决定出席这个庆生会。这夜正在上演一出舅舅克特想出的寓言式戏剧（这位天才人物可以轻轻松松地从大衣衣角里变出一些别人得好久才能创造出来的东西）。索伊达就是剧中的母亲，她扮演的是一位身穿白衣、背着两只大翅膀的仙女，在台上朗诵一些让人昏昏欲睡的诗。那一次，因为角色所需，她将头发披了下来，还戴着一顶小的金皇冠在头上。维德看到这位身穿美丽衣裳在表演的人儿时，他的心开始指责他："看呀！你这个傻瓜！因为这个结过婚的女人，你放弃了太多东西！"表演结束以后，索伊达的装扮还是没变。所以索伊达的女神、家庭主妇、角色扮演和现实世界在维德的脑海中纵横交织。当大家纷纷开始祝福小孩子时，房间中的气氛开始变得庄重严肃，神圣的火开始在母亲的前额燃烧，这个地方和这一时刻都接受着祝福。在场的所有人都怀着感激和亲切的心情陶醉其中。维德的心开始不受控制了，甚至要爆发了。他一生中从来没有过这样的经验："就算天上所有的神、地上所有的神灵，所有义务、尊贵和智慧都一起指控我，我依然不会放弃我的坚持——拥有自己所爱这件事是世界上最有价值的事情。不管是天上，还是地上，都找不到任何宝物可以对这一宝物进行弥补。即便在无所不有的上帝的亲自指挥下，一个人放弃坚持，那就不是殉道者、英雄，而是蠢货。所以我被诅咒，而且永无翻身之地，也是咎由自取。"

维德急匆匆地回到家，刚进房间就开始大叫，就像信徒在呼叫他的神一样，他太需要"坚信仕女"了。

"救命啊！"维德难过地叫道，"我没法儿一个人容忍这一切了。你给我缔结婚约的女友，你给我们做证婚人，在最庄重的誓言下，你让我们永不分离。伊玛果，我的新娘和太太，我的存在，她究竟知不知道？她竟然无视我的存在，根本没把我放在眼里。我的心灵在哀号，请不要误会。请不要歪曲我正在流血的心的渴望。就算让时光回到从前，我也不会答应和她交朋友。是的，我不会答应的。我宁愿难过、忧伤、痛苦，可是因为信仰你，我觉得很高兴。可是为什么这么可怕？人性去哪儿了呢？爱她竟然犯了这么大的罪吗？就因为伟大这个词，我就不得不接受沉重的处罚？如果获得允许减轻我的刑罚，请把你女儿的眼拨开，让她稍许对我加以肯定。请跟她说，让她把我当作一位值得尊敬的友人。让她最起码肯定一下我，哪怕是一丁点儿也行。请让她心里产生这些想法，命令她一定要这样做。如果这些请求遭到拒绝，那么，请支持我，让我不要一直沉湎其中。"

"坚信仕女"的影子从墙穿过去，飘浮在房间中，维德勇敢地站了起来，承受所有痛苦。

改过自新

　　这时，索伊达的形象和梦中的佳丽伊玛果重合了。因为梦中佳人是摸不到的，是没有形体和象征的，所以她给他点燃了绚烂的火光。"坚信仕女"挑选的虔诚女儿就是她，在他生命中最神圣的时刻祝福他，并为他唱赞歌的人也是她。维德的爱就如同宗教一样神奇！他所敬仰的女神在他身边，可以看到，也可以摸到。

　　当然，周围充满了鄙夷的笑脸，嘲笑他的信仰！"太疯狂了！愚昧！不要脸！平平无奇的魏斯主任太太，也就是个理想社的名誉会长，你忽然认为她散发出上帝的光芒。维德，去找个医生，在发作前先把病床预订好，抓紧时间去！"这种想法遭到了成千上万种经验的抵制。有个经验用振聋发聩的声音大叫道："停一下，当心，请等一等！我们有一个确凿的难以反驳的证据！"可是听到有证据，信徒就会乖乖往后退吗？"当心！房前有三级台阶！"当这句话在耳边响起，他的心又充满了愉悦。来源于灵魂深处火热般的爱的思潮就像春天的洪水，从他的感觉中带走了芸芸众生的可耻行为。不管是经验、教训、质疑、体贴、证据，还是看热闹的群众，所有的抗议都被驱逐出去了，就好像狗被从教堂里赶出去一样。

因为她的出现，在她的目光下，山林、田野、平畴都发生了改变！因为她的经过，街道、小巷都被深深地祝福。他周围的环境、他的活动潜力、他的存在感，都已凌驾于大众之上。他吸进去的每一口气，都带有拯救的意味。他的周围绽放着幸福的花朵，呈现在他眼前的是色彩纷呈的阿拉伯式的花纹，从耳边飘过的是风琴的声音。对于他来说，小小的事情就像铁匠的敲击声、孩童的叫声、树丛中的鸟叫，都在共同歌唱着宇宙万物一体的大乐曲。只要想到她的存在，他的心灵就充满了色彩；只要想到她会在他眼前出现，他就觉得就算看不到她本人也无所谓。反之，他甘愿默默地、在她无法看到却可以靠近她的地方敬仰她。

可是，他的脑海中突然涌现出一个让他无法忍受的想法：他已经被她宣判了万劫不复的罪，因为她完全不知道他已经重新做人了。这种想法他一刻都忍不下去了。然而他不可能直接向鲜活的魏斯太太表明自己的心意，不管是通过口头还是书信的形式。否则在表白时，他就不得不承认他爱她。因为他知道对方并不爱他，所以自傲又聪明的他不想去表明自己的心意。当然，他们之间虽然没有爱情，多少还是有点儿感情的。可是因为爱的粉饰，他会变成一个想要爱情的人。他要成为一位忠诚的敬仰者，而不是令人同情的爱人。幸运的他不需要绕很多弯子，就明白更直接有效的交流方法：一种心灵之间的直接意象感受。

他对他的灵魂下命令道："到索伊达那儿去，我梦中的佳丽伊玛果就在那里，你跟她说：'之前那个冲动地打压您，和您为敌，不停跟您过不去的人已经死了，他已经不再可怕了。现在您看到的这个人已经悔过自新、重新做人了。对于您的伟大，他已经谦恭地表示认可，并把您叫作他的梦中佳丽伊玛果。他真诚地敬仰您美丽的面容，并觉得您的面容代表着神圣不可侵犯。'把这些话告诉她，之后回来告诉我，她是怎么说的。"

得到的回复是这样的："我去拜访她时，她正在窗边向天空祈祷。她看向我，之后非常坚决地这样回答我：'我是个女人，我的骄傲是知礼仪，我的荣光是圣洁。不要再缠着我了！你这个风流的公子，你这位羞辱、讥讽、鄙视女人的浪子。在我还没有相信你的确已经走上回头路之前，你好好去忏悔吧！你必须先对高贵、谦恭的女人的价值予以认可。'"

他收到回复以后，马上又派灵魂去找她："我已经忏悔了，我和你四目相对，你的眼睛已经对我进行了惩罚；我看着你的前额，你的前额已经给我宣判了罪行。以下是我悔悟的宣言，庙门开了，走出来一大群女人，走在最前面的是一个尊贵的女祭司，后面是一群凡俗女子，有活着的，也有去世的，有真实的，也有欲望满腹的。我看着她们，我相信我可以一眼看出——我相信尊贵的女子，她的思想像一首诗，她的工作是热诚地奉献自己。她的脸上闪耀着灼灼光华，她的每一步都宣告着尊贵和杰出。只要她举起手，就会让所有的平凡、平庸都无处遁形；只要她迈开步子，太阳都会跟着笑开颜。哦！女人，你太美了！她正俯身给予路边的病人安慰。我大叫道，您有一个智慧的头脑，处女们都跪下来敬仰您！因为你们的皇后的慈悲之心。去吧，把我的宣言告诉她。"

很快就收到了回复："我看到她注视着摇篮里的孩子，等她抬起头时，她是这样果决地回答我的：'我是个虔诚的女儿，一心一意爱我所爱的人和我所尊敬的人，你走吧！浪荡子！你这个既瞧不起我父亲，又羞辱我哥哥的人。在我相信你的确悔过自新以前，请先学着对我的父亲表示尊敬，和我的哥哥处理好关系吧。’”

听到这个回复，他开始痛哭失声："我既不想对她的父亲表示尊敬，也不想和她的哥哥处理好关系。因为他们和灵魂对着干，是真理的绊脚石。我在我权力的宝座上坐着，我比他们尊贵得多。"他小声地、吞吞吐吐地、厌恶地嘀咕着。之后，他的理智说："我能发表一下我的观点吗？"

"你说！"

"一个人之所以比另一个人尊贵，原因就在于他不会对对方的价值予以否认。就算克特是华而不实的，可是因为他，另外一个人会原谅你。你应该在他面前放下架子，顺其自然。来！这里给你准备好了笔墨纸砚，你只要写一封道歉信，就不会再被克特打扰了。你马上就可以卸下这副恐怖的重担。"

他的心讨好地跟他说："不仅如此，不管怎么说他都是她的兄长。"高傲的骑士劝他："假如你可以坦承这种错误并改过自新，这种道歉不会有损于'坚信仕女'赋予你的荣誉。"

"不可以！不可以！"他咬牙切齿地说。看呀！他的房间中出现一道自由的蓝光。耳边传来喇叭的号角声，这当中夹杂着她的声音："当心，房前有三级台阶。""梦中佳人伊玛果！"他的爱失声叫道，"你尊贵、美好、仁慈的人啊！我信！"他快速地给克特写了一封信。信不长，内容充满着自豪，却尽量坦诚动人，他努力地搜寻着一些和自己吻合的词汇，尽可能表现出自己的创意。

几天以后，他收到一封用铅笔写的没有落款的回信："尝试着鸣叫，可能会喧哗；尝试着飞翔，可能会不得法！哲学家们！大学校园里的人物们，鸽子已经飞到了万里高空，真是令人难以置信。"

凯勒太太帮他把谜题似的信打开："这是克特亲笔所写。"这句奇怪的话是从维德自己幻想的语言中援引过来的。显而易见，克特因为这句话非常快乐。这代表着两人有可能和好。

"真是独树一帜！他果真是个天才啊！"凯勒太太激动地说。

"你明白了吗？"他的理性在欢呼，"现在你是不是觉得很快乐？我希望你把你的答案告诉我。"维德说："我现在不但觉得快乐，而且都有点儿忘乎所以了，甚至觉得很尊贵呢。"

"因此，我们接着干吧。我们已经完成了第一部分，接下来我们要学习如何对他的父亲表示尊敬。"

维德喃喃自语道："既然他是索伊达的父亲，也许他的面部表情和她会有一些相似之处，也许我可以先学习一下如何对她父亲的脸表示尊敬。"他去书店买了一幅政治家若伊科姆的像。他将画像恭恭敬敬地挂在墙上，看着这张信念坚定的脸，和一副不屑的眼神，他陷入了深深的思考当中。突然，他又恢复了从前讥讽他人的风格。他快速用一堆文件把画像压在下面，压得紧紧的，以免画像又偷跑出来。

"不管怎么样，他毕竟是她的父亲。"他的心祈求他，"他生前一定为这片乡土做了大贡献，要不然市政厅怎么会有他的大理石纪念塑像？"他的理性抗争着，极力想说服他。他把书本挪开，将政治家的画像再次拿了出来。他重新将画像挂在墙上，可是这一次是将背面朝着他，面朝墙。他时不时把画像转过来，可是刚一看到他那张脸，他又开始了咒骂，尊敬刹那间都被他赶走了。

"我要听从索伊达的指示。"他急不可耐地说，因为他梦中的佳丽伊玛果就是索伊达！她父亲已经在坟墓里躺着了，对，埋葬是件非常严谨的事。好吧，我先去他的坟墓拜访一下，也许在坟地里，我可以不再骂他了。

他请人把他带到政治家若伊科姆的坟前。他走到墓前，从地底下传来一个声音："你找谁？"

"政治家的灵魂。"

"这里没有政治家。"那个声音回答道，"这是个无名墓，我原来在地面上生活时，就是个毫无名望的人，也没有权利生病。我出生于忧虑，和所有生物一样逝世。对于那些曾经羞辱我的人，我选择原谅；对于那些爱我的人，我选择祝福——只有两个和我长得很像的人——我的两个小孩子在为我痛哭流涕。人们因为想到我，而忧伤地看着他们，祝福他们！如果你是位生机勃勃的阳世人，请告诉我，我的子女现在如何。"

维德说："你的子女现在不错，他们很是受人爱戴。你面前这个人想和他俩成为朋友。"这些话说完以后，他灵魂中克特的影像越发清晰、越发友善。

之后，那声音叹道："我谢谢你，因为你把我子女的消息带给了我。我祝福你，你要和我的子女成为朋友。"

维德回家以后，画像已经可以转过来了。

再一次，他指派灵魂再去找索伊达："我已经顺利完成你的指示。我已经和你的兄长和谐相处，也和你的父亲签订了盟约。你相信我是真的悔悟了吗？"

收到的回复是这样的："我去见她时，她正站在房子的最高处眺望城中的塔和屋顶。她俯瞰着我，这样坚决地回复了我：'我是个好公民，会为我的人民和国家真诚效力。走吧！浪荡子，你这个看不惯世俗习惯的人。在我相信你是真的悔悟前，去接受惩罚吧！'"

这时，他已经怒发冲冠了。"女人！"他叫道，"也许你是尊贵的、圣洁的，可是从精神上来说，你是有缺陷的。你可以成为一个女神，可是你不是神。不要提过于苛刻的要求了，不要太过分地折磨我，要不然我会死的。我的心属于你，请接受我的热情、虔诚，净化我的灵魂。可是我坚定不移的事，你不能碰——去吧！将我这番说辞告诉她。"

灵魂又传来了一个声音："我是真的索伊达，也是你的梦中佳丽伊玛果。如果你不向人民表示歉意，我就会觉得你不是真心悔悟。"

维德就像笼中兽一样焦躁不安、气愤不已。他谩骂、斥责、羞辱她，甚至像精神病发作一样往她身上泼脏水。他的所作所为就像一个强盗在失手以后对圣母玛利亚大声斥责。

"你把这种谩骂的游戏玩够了以后，我来说几句。这只是我们之间的事，她的要求并没有很过分。你在看待大众之事，也就是政治时，确实有点儿太古怪，太波希米亚了。你相信你的态度确实没错吗？难道你不是这样想的吗？"他的理智在申辩。

"我不但相信你是这样，而且相信这所言不虚。从你小时候开始，你就是在山林隐居的粗野之人，特别是在国外生活了许久以后，你越发对乡土不知情了。

"当你一摇三晃地在家乡的街道上走时，你看上去就像一个专程来庆祝八月节的印第安人。别人能忍受你这种态度吗？这种态度是正常的吗？来！来！在这张课桌椅上坐一会儿，读一下爱国的公民课程，这不会对你造成什么伤害的——不要怕，我不会絮絮叨叨地讲一大堆，我只讲一定要说的。我不是要让你变成一位训练有素的演讲家，而且也没有人会对你提出这样的要求。"

这些话说完以后，在理智的要求下，维德在课桌椅上坐下来，开始跟他说"公民""人民"，还有他们有什么意义，是怎么感知的和他们遇到了什么难题。理智告诉他自由宪法是如何运作的，而且证明了，在人的个性成长与发展上，宪法发挥了什么作用。最后理智教导维德："理想主义的第二化身就是政治，尽管这个理想主义枯燥、死板，可是你不得不承认，大体上政治是理想主义的。"

维德恭恭敬敬地听他演讲，一开始叫唤不停，到后来慢慢不再出声了。忽然他一跃而起："我要学法律！"

"看看，你看看自己，你又发疯了。你现在又走向了另一个极端，不学法律照样可以当个好公民。"可是维德执拗地说："我是个好公民，我必须得学法律。"他的理智不再说什么了，离开了。他搜罗了不少和法律相关的书籍，向周边人把宪法、城市的历史书籍借过来看，越枯燥无趣越好。他还把政治出版的各种刊物都订阅了一份，还熟记了各位市议员登载在报纸上的演讲（"你觉得他们言辞空洞、夸张吗？我觉得越是这样越好，我将读法律看作是赎罪，不就解决了吗？"）。他在古代历史上艰难地穿梭，为了更容易受到老祖宗精神力量的召唤，他匍匐在那坍塌的城垣和城堡中。每个卑微的农夫，牵着牛去市场，脸上露出想多赚点儿钱的表情，他依然会深受触动地将他们视为亲兄弟。

在自我陶醉的情况下，他把这位改过自新的人的消息传达出去了。他把自己改造得像一个人类亚当一样，分外迷人，可是他依然遇挫了，他得到的回复是这样的："你一定要更加主动一点儿。"她又野蛮又严苛地给他下了这样一道命令。太无情了！他不悦地回答道："更主动一点儿？太龌龊、太粗野了，真想给她一棒子，她不会忘了我的悔悟全部是基于自身的吧？我只要抬一下肩膀，她就会马上匍匐在地。她竟然还充当我的老师！"

可是一条野狗虽然是龇着牙跳过了三个火圈，但是第四个它还是会跳过去。所以选举一开始，他就把一份选举海报热烈地攥在手里。

"嘿！你这个森林的负责人，跟我说一下选举的情况吧，我要尽一个公民的责任——你们是这样说的吧？——可是全世界的政治人物，我一个都不认识。你给我举荐一个！"

"嗯，那我得先知道，你是保守派还是自由派？"

"两者有区别吗？"

"当然！我一时半会儿很难把这些概念给你解释清楚。"

"那么，更支持教会的教诲精神的是哪一派？"

"应该是保守派。"

"那——我就站在自由派这边。"所以他就以这些资料为依据，来投票。可是索伊达的灵魂又发话了，她说："这不是源于你的内心。"

"不是源于我的内心！"他气急败坏，"那我让你看看，源于我的内心的是什么样的。"他马上举行了一次叛乱，来和他的女神对抗。所以他的心灵深处，似乎是一只正饥肠辘辘的野兽——"你想做一个暴君？那好！我忍！我忍！我要一点儿一点儿地积攒我的报复。"

直到有一天，发生了这样一件事，这件事并不是他有意为之，而是自然而然发生的。一群士兵正从两个女性化的陌生人面前经过，他以久经训练的暴躁语气喝令他们住嘴。当他还在疑虑，自己除了通过这种粗鲁的行为以外，还能不能表现得更得体时，他的灵魂温柔地对他说："虽然如此，可是另一方面，我很欣慰你可以做这样的事。"他的周围笼罩着海蓝色的天空，若干个索伊达的头像正在云彩上向他致意。

这时，她终于接受了他的悔悟，他也终于满足了。

在这种洁净中，他觉得特别知足。维德的心敞开了，向四面八方欢呼道："啊，我的心啊！之前我一直觉得自己是充满智慧的，而你只是一只愚蠢的小白兔。实际上，我错了，而且错得很离谱，事实已经证明了一切。在我们之中，你才是最有智慧的那一个。因为自始至终只有你知道索伊达就是伊玛果。同时，我也要对你表示感谢，谢谢你给我机会，让我悔悟。基于这一缘由，你不再是个遭到我鄙视的小狗，被我随意欺负，被我折磨。啊，心，你是我们的国王。您给我们下的指令，我们一定竭尽所能地完成。"

他的心兴奋地说："自由了！之前有人一直束缚着我，不让我发声。现在为了对我的沉默进行弥补，我要一直爱下去。"

维德同意地说："这个由你自己做主。索伊达就是伊玛果，这是你一早就清楚的，她是尊贵的、圣洁的。可是如果你的爱包含着欲望，请不要去招惹她。"

他的心答道："我在你面前保持绝对的真诚，就好像有一束光一直照到我的最深处，你可以随时观察我，检验我。"

维德对心的提议表示认可，并小心翼翼地对他的心进行检查，甚至连最阴暗的角落都不放过。他观察、检验完以后，说："你的爱是尊贵的，是不掺杂任何欲望的，因此去爱吧，直到最后。"

他说完以后，他的心长出了一口气说："我希望不要公开地和她在一起生活。无论她在哪里生活，我都要一直和她在一起。从清晨直到日暮。"

"是的，去吧！"他的心照做了。无时无刻不和她偷偷在一起生活，从清晨到日暮。她开始吃午餐时，心点点头说："吃吧，高兴点儿！"她准备出去时，心小声对她说："把家居服换了，穿一些鲜艳明亮的衣服。你这么漂亮、迷人，到哪里都会成为焦点，成为快乐的中心。"

心一直呼吸而且叹息着说："我要在她的心里死去，在她感情的源头里死去。因为她的心中装着所有美好。我要从她的丈夫、孩子开始，一直爱到她阳台上的花朵。"

"好。"维德答应了，"去做吧。"心照做了：心在索伊达情感的源头住了下来，对于她所爱的一切，它也爱着。心告诉她的丈夫："兄弟！你尽管并不知情，可是你有忠诚的朋友。你想象不到这位愿意提供帮助的人是谁。不管将来怎样，我都会一直站在你身边，给你鼓励，给你抚慰。"心告诉她的孩子："尽管你才刚开始学走路，你的眼中还有迷雾，我依然可以把你分辨出来，给你提供保护，不让你受伤、走错路。"心告诉她窗前的花朵："你们要勤勤恳恳，开出更绚烂的花，让她因为你们而更具有神采，让她因为你们的香味儿而精神上受到鼓舞。记住！你们是在最独特的阳台上生长。"

再一次，心在她的心中深呼吸："我要让自己成为一种祝福，让她时刻受到仁慈天使的庇护。在神情绪低落时，让她的精神受到鼓舞；在她身处险境时，给予她保护。"

"可以的，你去做吧！"维德说。心照做了：心让自己变成了祝福。在太阳初升的早晨，心亲吻着索伊达的眼睛："公鸡已经在叫了，起床，不要怕。今天你会非常高兴。"她觉得难过时，心会说："错了！你不能难过，因为人类的欢快就是你。"在她面临危险时，心守护着她的家门，告诉这个危险："停下来！你去哪儿？你走错了，这房子你是不能进的，因为里面住的是索伊达·伊玛果。"

"好！你干得很好，我的心！"维德高声称赞道，"你想做的所有事情，我都允许了，现在可以了吗？你还有其他事情要做吗？"

心说："我一直都做不够。我越是爱，就越要爱。你看，我已经用爱包裹了她全身。对于她的过去，还有她的将来，我也要这样做，不管是什么，我都要不遗余力地爱。我要追溯到她的童年和少女时代，还要追溯到她在世上的源头，直到她灵魂首次萌生的状态，再到她还没有来到这个世界上以前的样子。可是我一个人无法单独完成，请给你的幻想下指示，让它把我带到高空上去。"

"是的。"维德说，"这个没问题。"他指示他的幻想过来，"你这个只会偷懒的顽劣的鸟儿，只会给我找麻烦，让我生气。正是被你的幻象所欺骗，我才做了那么多错事！起来，向我证明一下你还是有价值的。你听到我的心给你下的指示了吗？把你的巨翅穿上，把我的心带到世界之巅去，去寻找萌芽一样的灵魂。"

他的幻想响亮地答道："我一直就想做这个。在无限的高空，我只会觉得更惬意。"

说完以后，幻想就把心带到了世界之巅。在梦幻昏暗的光照下来到了灵魂刚会呼吸的世界。在这里，心用爱的名义探索着灵魂是如何从这里到世界上去的。

维德想找到她之前留下的足迹，把她从前所过的生活再过一遍，用他诗的精神把她在世界第一年的景象召唤回来。请看她年轻时的景象，在她家乡的森林中，经过悬崖时，他看到了所有会让他目瞪口呆的一系列举动，他的面前似乎出现了一个崭新的景象，让他看到了另外一个世界。在一束光的照耀下，在云的移动中，带来截然不同的新世界。在这片新世界前，他的灵魂开始不受控制了。这时，现实不见了，他的脚前只剩下时间。

在这么靠近遥远的神奇景象以后，他羸弱的人脑彻底瓦解了。

在精神感到了前所未有的劳累以后，心说："好了，可怜可怜我吧，太多了。"可是他的幻想生气地说："我不可能来了这么高的地方，却两手空空地回去。这是我生命的空气，我要在这里徘徊。如果你要感受她灵魂的源头，你就必须承受她灵魂的伟大和荣耀。"幻想对心的请求不管不顾，往更高的地方飞去，心只有哆哆嗦嗦地看着将来的本体，尽管心对这景象完全不感兴趣，可是这景象强迫性地展现在心面前以后，心像一个忠贞不贰的人一样，在心中长久地保留了这一景象。

这时，心看到一个年轻男人和一个年轻女人站在一起，这二人的灵魂把世界上所有的灵魂都吸收过来了。在这个无限的空间里，只有这对年轻夫妻，没有其他生命在活动。这对年轻夫妻在天堂似的田园里走着，他们轻声交谈着，眼神里充满了甜蜜。相比这对璧人的爱，俗世间个人片段的爱就太没有意义了。

"这对年轻夫妻跟我有什么关系？"他的心有点儿不平地说。

"看呀！这个代表全世界女人的人和伊玛果长得一样。"

维德沉醉在他崭新的恋情里，他的心在索伊达身体外部活动。幻想带着他到高空看索伊达是如何变成可爱的伊玛果的。他将他的所有活动都叫作爱，把悔悟过程叫作福祉。因为他很清楚自己的爱是不包含欲望的，是高尚的、圣洁的。他奉献出的爱是以宗教服务为目标的。幻想继续活动，让他看到了更多东西，让他拥有了更多快乐。所以只是屏住呼吸他还不满足，他觉得他还要放声歌唱，才能释放出心中的欢畅。有时他低沉地诉说他的快乐，有时用一种温柔的颤音，有时喃喃自语，有时是动听而绵长的声音。这些声音就好像落到白纸上的五线谱，他可以由着自己的心情奏响乐章。他用笨拙的双手画出角度不一的线，将快乐的音符缠绕在线上。在他的极乐世界里，音乐不一定要填歌词。

　　"我没有打扰你吧？""摄政官"轻柔地对他说。一开始是哲学性的探讨、空洞的介绍，"摄政官"似乎不太专心，他漫无边际地东讲讲、西讲讲，似乎将什么真实意图隐藏了起来。最后，"摄政官"终于切入了正题，试探性地问道："2月4日，你可能已经知道了，是理想社的周年纪念，因此，我也——我该怎么说呢？也许可以说开场白吧——一些上不得台面的小诗（抑扬格五韵脚诗）。展现方式是采用传统和现代的对话——所以，你是否可以——我想要请一位受到良好教育的人进行对话，所以我想到了你（当然，诗中有些拉丁、希腊文的引句）——因此我非常想在这次，当然，还要看你是否愿意，我代表传统文化，你代表新的文化，可是——就像我所说，你才有决定权，还要看你是否愿意，如果你觉得可以，而且时间上也排得过来——"

　　在维德说自己很乐意效力于任何文化活动以后，"摄政官"终于慢慢平缓了呼吸："哦！对了，趁我还记得，我得赶紧先说，我太太说很开心你和大舅子言归于好，而且她还说怎么最近一直没有见到你。"

　　对了，直到现在他才意识到，他一直陷在宗教责任中，甚至都把他的女神给忘记了。他从来没有产生过去看她的想法。现在，当然啦，既然她请求他去，他就一定要满足她的愿望。因为他肯定是要服从的，所以他干脆去看看她。

　　几天以后，他朝明思特街走去，这一次他是怀着异教徒受洗以后首次参加教会聚会的朝圣心情。虽然还是有点儿惊慌，可是却是平和而坚定的。当然他不能欺骗自己，他不得不承认在宗教信仰生活的这一件尊贵、神圣的貂皮大衣中，依然少不了几个虫卵。可是他的确是诚挚地悔悟的。他已经完成了悔悟和处罚，他的爱是不掺杂任何杂质的，神是同情慈悲的。还有一件对他有利的事，那就是克特现在是支持他的。

她很有礼貌地接待他（是因为克特的原因？还是从他脸上看到了热忱？），现在找不到一丁点儿过去的仇视情绪，真是太美妙了！用一个×就勾销了过去所有不美好的回忆。她跟他说，她的一位远房亲戚前天晚上突然去世了，就像老朋友一样，在筹备纪念会时，他们会交谈一些家庭琐事。她在向他述说这件让人难过的事情时，不自觉流下了几滴眼泪。在没有人发现的情况下，他把这些眼泪接在自己手里，就像捧着圣水一样。最后，在分离时，她友好地和他握手。这是自梦乡之会以后，索伊达第二次和他握手。

因为要排练纪念周年的开场白（新、旧文化的问题），维德时常有机会去"摄政官"家。工作完成以后，维德偶尔会多待一会儿。在这个时间段里，他基本上都会安静地坐着，秘密地、友善地观察着这家人。他允许自己被索伊达的一举一动所吸引，对于这位悔悟者来说，这一切经验都是崭新的。对于索伊达自然而然表现出的行为，维德都能观察到。之前当维德在场时，索伊达总是采取强烈的防卫动作。维德很高兴地发现索伊达之前没被发现的优点，而且非常愉悦地知道，索伊达的每个新优点都重新证实维德是被允许如此热烈地爱着她的，应该排除所有反驳甚至隐藏这种爱情的想法。他把所有疑惑都邀请过来，到他的身体里进驻，一起分享他过去的惭愧和羞辱，好让他们也悔过自新，觉得今时不同往日。

"进来啊！你们这些喜欢挑剔的人，认真地看啊！好好看！你们就算戴上有色眼镜，我也无所谓。可是你们只要看看她，看她那么和善地对待仆人，你们就必须承认索伊达是高尚的，因为只要看一个人如何对待仆人，就可以分辨出此人的本质是不是好的。"

"当然，她当然很不错。"

"还有一次她施舍乞丐东西，她并没有鄙视他们，而是站在一个平等的位置上对待他们。因此，你们必须承认，索伊达是极富同情心的。"

"同情心。我们不否认她有同情心。"

"请耐心一点儿，你们还要承认很多呢。你们发现了吗？她的脸上从来不会出现艳羡妒忌的表情，特别是对其他女人夸赞有加时，她的脸也不会变形。索伊达的灵魂里从来没有阿谀奉承。所以一个陌生人包括我在内，把眼光停留在她的身上，她也不会关注，而且她也许还会觉得这是一种羞辱呢！你们有没有发现？所有陪在她身边的人都是好人。她的人性闪耀，她忠诚于责任，她无愧于家庭——热爱孩子并甘心为了孩子付出。刚刚所说的，你们能提出一些质疑吗？"

"索伊达的优点没有人可以质疑，只是这和神太像了——"

"好了，不要再说了，如果还有谁表示反对，那就是心里有不好的想法。"

除了这些，他排除万难，热诚地对自己说：索伊达是十全十美的——可是对于维德来说，她的本能行为反而打扰到他了，而不是满足了他。不是因为人性的弱点体现在索伊达的身上——维德很清楚她本就是个鲜活的人，索伊达本来的样子他也喜爱——可是她时常不会在意自己的外在容貌，经常会和维德的要求不符，就是说，索伊达偶尔脸上没有表情时，就会显得不可爱也不动人。她的站姿也值得诟病，和维德审美标准实在不符。如果索伊达出现迟滞的表情时，维德就要认定她犯罪了。一言以蔽之，索伊达并不时刻都是她自己。索伊达并不是从清晨到日暮都活在真空中的伊玛果。所以，维德偶尔不禁质疑索伊达是不是对她的任务漠不关心——她的任务就是作为一个幻象的具体象征。此外，她还有难看的一面：她的居家服的边上经常会有两圈黑色的丝带镶在上面，此外领口的部分也缝了一层边。伊玛果不会穿这样的衣服——像歌剧中合唱团成员所穿的圆领衣服，这身打扮就如同一个年纪轻轻的处女唱婚礼祝福歌一样，和她的身份大相径庭。维德不想再看下去了，他对索伊达的热爱开始遭遇打击了。这些事和其他一些诸如此类的行为，让维德的心里隐隐不安。所以维德甘愿在自己的幻想中和索伊达独处。

另一方面，他又偶尔想去看看索伊达的朋友和关系特别亲近的人，特别是理想社的成员，以从一些熟悉的面孔上发现一些索伊达的反射影像。只要有人提到索伊达的名字，原本黯淡无光的对话就会有了色彩，就像烟花突然绽放一样，闪烁着星星。可是不管怎么样，维德都不想把索伊达的名字亲口叫出来，因为即便他提到明思特街，他的脸都会涨得通红。

维德也去克特家拜访，克特笑得很灿烂。"你们这些所有从事文化、艺术的人就像妓女，把你们的灵魂出售给所有著作。"克特接着说，"好恐怖！可是说得非常好！"半小时以后，维德对联邦官员和监察官的清廉运动提出异议时说："要是宗教将心思都花在道德方面，还不如撤销算了。一个真诚的人不需要在宗教上花时间。"这时克特真诚地走过来，态度谦恭地对维德说："这些问题为什么我们不私下讨论呢？"自此以后，每次举办聚会他俩都形影不离。维德因为独树一帜的想法，越来越得到理想社中人们的关注。他的建议再清晰不过，他觉得真正想当领军人物，一定要时刻保持清醒。从前的维德，只要有人想要把钢琴盖打开，他就会逃之夭夭，他还可以用带着讥讽性的话语来让谈话寂然无声；现在的维德可不一样了，他已经可以把眼睛睁得大大的，聆听别人说话，甚至在其他人讲到家庭琐事时，维德时不时还会插两句话进去："这不可能吧？""天！你在说什么？你不是说……""千真万确！"他会打听小孩子现在长得怎么样，他会问葛楚有没有出过麻疹，咪咪有没有被流行病传染到，等等。是的，维德还会把自己的意志克制住，给大家唱点儿什么。总的来说，在维德身上似乎发生了奇迹，他彻底变成了另外一个人，一个深谙社交礼节的人。此外，他对于神圣女性的独特观点，竟然也会让大家快乐地引起共鸣，克特竟然也说出了下面这些话："相比一个神话式的女人，诗的气质更易出现在一个谦卑的女人身上，因为奉献就是女人的诗，放浪形骸的女人都是以自我为中心的"，或者"相比一个同时和多个男人过从甚密的女人，最自私、最龌龊的礼貌都要可爱得多"。啊！维德觉得一切都很美好，一切似乎都不一样了。可是，他以及他忠诚的诗歌所培养的一切却遭到了某件令人沮丧的事情的打击。

庆祝会举办的头一天，要举办一个相似的准备会。为了让所有社员都准备好应对明天的庆祝大会，这项会议举行于华氏一百一十度的树荫下。除了所有会员以外，被邀请参加的与会人士还有维德（要不然就都是女性了）。他们在城郊的森林中集合，遗憾的是，主任这次缺席了。吃过蛋糕后，为了活动一下身体，大伙儿举办了一些团体活动。在"变位子"的游戏中，维德欢快地跳跃着，不停地往树后躲。包括石女士在内的一群人在惬意地晒着太阳，她像和这种场合格格不入一样。在她面前，维德羞愧难当，只想躲到她身边的大树后面，可是他还是逃不过羞愧。只是同样一件事，一个人会觉得妙不可言，另一个人却会感到惭愧，所以慢慢地，维德就不再觉得拘束了，尽管她依然用智慧的眼神盯着他。

盛大的日子终于到来了，大概晚上八点钟，博物馆的大厅里已经一切准备就绪，节目单也整齐地排列好，所有一切都按部就班地进行着。开场白是检察官和维德的双人表演（也就是新、旧文化对话）。演出间隙，牧师调侃着说："维德一辈子都没有把一行诗完整地记下来，所以旧文化要优秀一些。"几个歌唱表演结束以后，就轮到克特导演的震撼力十足的戏剧表演了。可是，太遗憾了，原本应该在"山林女神"和"老人"与"梅"之间出现一只熊的。这只熊的扮演者药商日尔格林，实际上在最后一刻，他也把一条熊皮庄重地送过来了，可是他却忽然得知父亲生病了——他不得不坐最快的一班车赶回去。大家都很激动，议论纷纷，可是这位对戏剧最关心的克特导演却异乎寻常地平静。"嗯！如果他没有来，没有人扮演熊，我们照样可以演。"他和团员商量着。尽管他现在有点儿不知如何是好，而且实际上他现在心里很不痛快。维德笑着走过去："哦，这项艺术很简单嘛，先生。"他说，"吼几声不就可以了嘛，也许我可以试试——"他马上蹲下来，在观众们雷鸣般的掌声中把熊皮穿在了身上。实际上，他吼得挺好，当然，以他那么小的音量，他也算是竭尽全力了。

　　那天晚上结束时，大家都对他很友善，大家将熊和文化放在一起议论道："我觉得熊放在旧文化中比较适合。"大家都把溢美之词献给他，让他觉得自己有愧接受这样的赞美。他对大家的赞美表示感谢，并予以回报。现在这些善良的人已经进入到他的心里，让他感受到一种前所未有的幸福，一种从来没有过的体验。这是一种团体精神带给他的幸福，让他真正体验到同志的爱和认可的意义。石女士你的眼睛充满智慧，可是人类光明的方向标却不是你，人类的方向标只能是善良的人。

他全身心都被和平所包裹，对整个世界都保持着善意。如此和谐的场面，他不知道自己要如何享尽。

第二天，他收到一封来自于她的信，他恍惚觉得这不是真的，因为太过于高兴，他反而有点儿难过了。她在信上没有说什么让他兴奋的话。她只是要他去博物馆一趟，看看她的扇子有没有人捡到。可是信却是她亲笔所写："最尊贵、令人敬仰的先生。"最后，"你的索伊达·魏斯"。

他有意折起了"魏斯"二字。"你终于属于我了。"

他完完全全折服在了幸福的脚下，他的神经也因此受到了影响。他以为他会干一些傻事，可是他又很茫然。他走到镜子前面做鬼脸，学动物叫和人类的低语。对于他来说，欢乐的最高峰就是幸福。不，一本正经地来说，他不知道他现在是什么感觉，是痛苦还是惬意，他已经无法忍受快乐了。

骤然停止

　　圣烛节①早上，所有人都在等待着花蕾开放。维德依然像平常一样到她家去。"我先生在书房，我一会儿要打扫房子，你可以陪陪他。"

　　维德有片刻的恍神，正在想这究竟是什么意思，她要我陪她的先生。那，她肯定坦白了。是场争论？我无所谓，我看看究竟发生了什么事。自始至终，我都可以在任何时候，坦荡地面对每个人。

　　维德来到书房，这里烟雾缭绕，维德的血液不再翻腾，因为这样抽烟的法官，维德还没有见过。"啊哈！是你呀！赶紧进来！""摄政官"亲切地引他进来，"看！我刚收到了一本针对女性的哲学家的书。也许你就是他们其中的一个吧！也就是说，你如何看待女人？"

　　这个问题太难了，这个主题太惊险了。探讨这种问题最好紧紧扣住理论进行，最起码好过抓住个人的喜好。因为相比之下，理论

---

①又称"圣母行洁净礼日"或"献圣节"，即2月2日圣母产后净身之后，携耶稣去圣殿的日子。

不会带来那么大的反应。所以在探讨女人这个话题时，气氛是庄重的、平和的、理智的、有秩序的、有分寸的、愿意互相认可的、和谐的。维德在对女人进行不遗余力的赞美时，冷不防说出了这样一句话："没女人我都没有活下去的动力。""摄政官"严肃地回答道："没错，所有人都要有女人相伴，不是吗？"

这是何意？暗示？

后来他们在女人这个话题上的谈论一直在提升完善，维德还指出"在很多人看来，在戏剧中女人只能扮演爱情的角色，这个论断太无耻、太羞辱人了。"这时，主任太太小心翼翼地把门打开了，"很对不起，打扰了。"她轻言细语地说，"不要生气，好吧？我会很快消失。"这些话说完以后，她迈着小碎步，踮起脚尖走到书架前面，优雅地坐在凳子上清理书架，同时将她那恼人的头发拨到后面。忽然，她拿起一本书跳到他们面前："你们自由了！"同时踮起脚尖跳到外面。"不管怎样，不管是在舞台上，还是在现实生活中，她们都将这种角色演得很到位。""摄政官"好像故意坏笑着说。

她跳出去没多久，温柔的琴音就传了过来，整个房子都在她妙不可言的声音中变了样，维德的心被深深地震撼了。"天哪！"他叹道，"太美了！太纯正了！太尊贵了！"

维德的脸上不由自主地流下大滴大滴的泪，他迟疑着想从书房走出去，可是又觉得很难为情，只好装作忙碌地盯着书架上的书籍看。

"你觉得她唱歌时很纯正尊贵？我可不这样认为。""摄政官"轻描淡写地说，"对于她来说，这首歌音太高了，根本不适合她。""摄政官"想用这句话呼唤维德回到刚才探讨的话题上。可是这时，这首歌已把维德的所有注意力都吸引了过去，他已经听不进去任何其他的东西。哦！她为什么不停下来？我的心都快被她唱出去了。

最后，她终于停了下来，维德也才有了自控力和他们说再见。

"明晚来吃饭。"她恳求他，却是用命令式的口吻，而且和他握手，"没有外人，就只有你和我先生，我这个不值一提的小人物就不算在其中了，可是你必须得来。"之后她加了耐人寻味的一句，"还有搅打过的鲜奶油噢。"听她这么说，似乎晚餐的重头戏是奶油，"因此，不要忘了，明晚。"她晃动着一只食指，恐吓着维德说，"我算准了，你不会缺席的。"

现在又发生了什么事？"摄政官"发现了什么？还是他什么都没有发现？这位稳重的土耳其军官并没有让人觉得他发现了什么。好吧！这样也好，假如他的确发现了什么（事实上，知道太多对他也没有什么好处）。如此一来，他就可以把这段不太愉悦的秘密公之于众，而且把烦躁的悔悟或坦白都省了。一切都朝他之前想象的方向发展，一切都已经准备就绪。三个人都会对三人行的结婚方式表示赞同：在这场婚姻中，维德想"摄政官"可以取得伊玛果的肉体，而"摄政官"出于感激，会将伊玛果的心灵和灵魂赠送给他，这样一来，大家就都会过上幸福的生活了。他拥有早晨的光阴，而"摄政官"拥有其他的时间，维德不会埋怨他得到的时间太少。明天晚上，三个人就会正式结成同盟，"当着一盆搅打的鲜奶油的面"。维德的想法在他的脑海中互相戏谑着。为什么不呢？刚打过的鲜奶油。一般遇到这种情况，都会出现一盒毒药。因为心里太高兴了，维德对比了搅打的奶油和其他东西，所以这盆奶油才会反复出现。相比一个多月前在凯勒太太家，这一次截然不同。果真是一条没有尽头的路啊！维德被从一开始的鄙视到现在的亲密，美好才刚刚开了个头。

因为这件事，维德在城市里快乐地穿梭，还哼着歌，不停地做着各种动作，就像在指挥交响乐团一样。这时，石女士出现了。"今天下午来我家。"她从他身边走过时，鲁莽却又奇怪地对他下着命令，"我要和你谈件事。"

虽然维德没有停下脚步，可是心里已经隐隐觉得不舒服，似乎一阵寒雨从天而降，交响乐团也随之消失于无形了。

"我要和你谈件事！"维德尽管根本不知道他们要谈什么，可是他有感觉，这次见面不可能是愉悦的。"我要和你谈件事！"这句话极少预示着什么快乐的谈话。管他呢，我依然会像水鸭子一样掸去身上的水。我是否幸运，完全取决于索伊达·伊玛果。此刻，我和索伊达·伊玛果的关系很亲密。

"先生！你在做一件愚不可及的事。"石女士冷冰冰地接待了他，背对着他说。维德马上觉得怒从心头起："为什么？"

"不要再装腔作势了，你知道我在说什么。"

"很抱歉，我觉得根本不是那么回事，这种曲折迂回的游戏，我从来不玩，我根本不知道你在说什么。你有什么提议？"

"好！那我跟你说，因为你在主任家所有愚昧、荒诞的举止。"

"能劳烦你给我解释一下，你为什么说我愚昧、荒诞吗？"

"你竟然用如此直接的爱让一位已婚妇女烦恼不已。从一位根本无须你的爱，和你毫不相干的人那里，你最多能得到一丁点儿同情。假如这还不算愚昧、荒诞，我还可以说得更重一点儿，这就是不道德、不公平。你挖空心思想在一对有情人中间占据一席之地，幸亏你的行为都失效了。"

因为羞惭，维德的脸变得绯红，血气直往上涌。这中间还包含着愤怒，竟然有第三者知道两人之间的私事。他面目狰狞，最后驳斥道："无论我有没有负责的资格，我都应该和魏斯主任当面谈。除了他，没有人有资格和我谈这件事。现在，从另一个角度来说，无论会遭到怎样的责骂，被人当傻子一样看待，我都要把自己的想法说出来。在我自己的记忆里，我完全有理由相信，魏斯主任太太给我的同情不止一丁点儿。她对我并不像你所说的那样完全不在意。这只是你的可耻想法罢了。"

这时，她转过来，直直地盯着他，慢慢向他靠近："你！你这个无知、幼稚又令人同情的人啊！""是呀！没错，相比你出色的知识，相比你对世界和人类的卓越知识，确实如此！""你真的相信？你这个可怜人，只是因为一个女人容忍你浮于表面的爱情。对于她来说，你的爱并不是让她越来越好。你向她倾诉你对她的感情，她根本不在乎，那只能证明她的心之所属。当然，这样迷人的话她当然愿意听。这是她取得的小胜利，只要合乎礼仪，付出一点儿小小的魅力就可以得到，何乐而不为呢？可是你也仅限于这个范围，她不会让你越界的。也许她做得有些过分，这个我就无法得知了。可是在这小地方，又如何界定做得是否过分呢？要用什么道德标准，以确保她用符合礼仪的方式，来解决一个不停对她进行骚扰的人呢？她可以对那个人进行任意处置。你和她也没什么关系。她没有责任关照你或饶过你呀！谁要是让女人失了名节，就不得不承担事情所引发的后果。这个错是男人造成的，不是女人。让我们来假设一下，你们这件事情不同于凡夫俗子，她确实对你印象颇深，依我来说，根据你的话来推断，你的着眼点其实和别人一样——这种着眼点也一样平平无奇！你并不是最好的。这样做，你能收获什么呢？等到命运干涉时，一些优雅、游移的感觉就会像灰尘一样被擦拭掉。假如她的家人生病了，你会变成什么呀？变成一个零蛋，什么都不是，更确切地来说，比零蛋还没有意义，一个让人退避三舍的怪物。就像我从前跟你说过的一样，魏斯主任太太根本连见都不想见你。她是一个特别简单、仁慈、大气的女人，她的世界里只有她的丈夫和孩子。你从她身上只能得到一样东西，那就是让你自己的内心暴露在她的面前，让你自己陷入痛苦中。可是你不能借着这种理由一直游戏下去啊！你会让她遭受风言风语。她也有同性的朋友啊！好吧，你自己好自为之吧，只要你觉得你无愧于自己的良心。我给你假设了这么多种情况，我不觉得会对你产生约束作用。现在，你的决定是什么？你是一位杰出的、拥有极高智慧的人，也对自己特别了解，更何况，你也是一个光明磊落的正派人士，难道你可以容忍她丈夫对你的同情吗？难道你想一辈子都生活在她的丈夫对你的包容中吗？我真的无从了解，你还会生活得快乐吗？"

"这件事他知道吗？"维德吞吞吐吐地小声问道。

"这是什么问题？这件事他是否知道？他肯定知道。这是毫无疑问的。一位负责、值得信任、忠贞的妻子，会把你对她所说的每一句话、流的每一滴眼泪、每一次受伤，都讲给他听。这不单单是她的权利，还是她的义务，假如她没有这样做，她会觉得愧对她的良心。"

维德低着头，紧咬着唇。忽然，长存在他心中很久的一个疑惑逐渐清晰了起来："你，你自己，我亲爱的女士，我能问一下，你为什么会如此了解此事？"

"当然，这是她亲口跟我说的。她知道我们俩走得很近，所以，她肯定会跟我说你羞辱的故事。她知道我会因此很难过，她是不会放弃这种快乐的。这种事情在女人之间很正常。她说得再明白不过：看你一个自诩高高在上、严肃的人是如何把自己的尊严抛到一边，向她倾诉的；另外，你怎样要让她相信你的爱时，不惜自降身份，像个希冀爱情的孩童一样发出卑微的祈求。听到这样的事情，我真的觉得很困窘、很难过。多少次我都想提醒你，可是我没有兴趣像救世主一样插手别人的家务事，特别是对一个已经处心积虑要远离我的人，甚至以拜访我为耻的人。我不会强制性要求自己去找这种人，而且我一直怀着最后一线希望，觉得你会幡然悔悟，对自己的价值有清醒的认识，直到今天我俩偶然遇到，我才意识到我必须对你说了。"

"因此，简而言之，我和魏斯主任太太之间的所有事情，都是她亲口跟你说的。"

"是的。"

"那么她是一次性告诉你的，还是分成很多次跟你说的……你的默不作声已经给了我答案。"

维德像只正在经历溺水的老鼠，他真诚而无私的爱，刹那间成了报纸上连载的低劣的长篇小说，每天都会更新。在难以忍受、心痛欲裂的情况下，维德流泪了。这是一颗神圣的眼泪、一颗存在于虚幻世界中、存在于所有灵魂深处的眼泪。在这颗眼泪的作用下，一个无所牵挂的人在做一个毫无感情色彩的决断时，甚至都会关心这颗眼泪。

石女士察觉到他现在心情非常差，尽管她是出于无奈，一定得把话讲得特别重，逼迫他救赎自己。"所以，你还在对什么痴心妄想？还想等待什么？"

"我在等，"维德愤愤地说，"我想看看你这么侮辱我以后，是不是觉得很知足，也许你对我的侮辱行为还没有结束。"

她连声后退，一脸惊惶地看着他。她发现他像变了一个人一样，阴郁、沉寂。与此同时，维德也在看着她。

"哦！拜托，不要这样看着我。"她哀号道，"这样对我不公平！我只是出于好心，你要知道，我之所以这样做，只是出于我们之间的友谊考虑而已。"

可是他的眼睛转动了一下，嘴唇也变形了。突然，他纵身一跳，把双手举得高高的，就像发表演讲一样大叫道：

"假如此刻的我一定要把这恐怖的一刻咽下，像一个受到处罚的小学生一样被人羞辱，像一个受到欺骗的爱人一样被人讥笑，或者被当作没心没肺之人的布偶，我咽下这一切。因为，我已经走上一条伟大的道路，我还可以从另外一条路上走，这条路上充满了荣誉、财富和敬仰，我会收获幸福和爱情。它们就在我的脚下，我只要俯下身子就可以得到它们，只要我降低自己的身份，我就可以生活在快乐、幸福和爱情中。我不会受到任何人的嘲笑，没有人敢对我无礼，没有人敢给我制定各种规章制度。那么今天，你也不会这么越矩地对待我。人们会以我和他们之间的友谊为荣，浅薄的女人会倾慕我的风采，会极尽所能地讨好我。无情的人，像动物一样麻木、愚昧。你看！我的灵魂满载着圣洁的爱，在把青春和一生的幸福都奉献出去以后，只想要得到一点点回报：让我那颗渴求的心收获一丁点儿爱情——我是说爱情吗？不！并非爱情不可，我不祈求什么，我只想得到爱的允许，而且甘愿承受痛苦。可是你们这些人又是如何对待我的呢？讪笑、嘲弄、羞辱，好吧，把你们侮辱的垃圾都浇到我的头上吧。我会学着容忍这一切。可是我要跟你说的是，有一天，我会接触到一群很特别的人，他们的判断会不一样。他们都是有感觉、有良心的人，他们会用荣誉让我摆脱羞辱。他们看到我的伤口时会说：'他不是傻瓜，他是个历尽艰险的受苦受难

的人！'我那令人同情、被人误会、被认定是罪恶的爱，我在这场
爱情中受到一个女人的嘲弄，受到另一个没有良心的女人的诽谤。
我要跟你说，在我离开人世以后，人们会祈盼这种爱，有人会希望
得到像我那样的爱，对于被我那样爱过的人，世人会艳羡无比。"

他刚结束他的演讲，就恢复了理智。"很抱歉，"他难过地
说，"我不是故意这样说的，我只是难以忍受心中的痛苦，才会说
出这些话。"这句话说完以后，他往钢琴那边走去，把他的帽子拿
起来。

"可是没有人嘲笑你啊！大家都非常喜欢你、尊敬你，特别是魏
斯主任太太。她确实想要真挚地同情你，她还觉得很抱歉，她让你如
此痛苦。至于指控我说没有心肝，我觉得不太公道。你是我非常亲密
的一位朋友，你怎么能对我说出这样的话？不要说'没良心'，不要
这样诠释我的行为，不要给我下这样的论断。"说这些话时，石女士
的声音很温柔，可给你的感觉就像是在大声控诉一样。

可是此时此刻，他已经没有感觉了。他看向外面，在她身边
徘徊了一下后，他径直走向了门口。可他又突然像想起什么似的停
下了脚步，回头对着她正式鞠了一躬，说道："谢谢你！尊贵的女
士，谢谢你做的这一切，我忠实的朋友！请把这个受到重罚的人放
在心里默默怀念吧！这个人也许会被忽略，但是绝对没有伤害别人
的念头。"

她问道："你要走？"声音沙哑。

"是的，明天最早的火车，越早走越好。"他点了点头回答。

"天啊，你要去哪儿？"她很惊讶。

"哪儿都可以，现在我也不知道。"他无所谓地答道。

她的语气很哀伤："哎，我亲爱的朋友。"当维德拉起她的手

要亲吻道别时，她意外地先吻了他的手。

接着她走向窗边，看着窗外的夜景。在看到他即将走到花园门边时，她冲着他的身影大声喊道："我相信你，你是伟大的，你一定会幸福的。"

次日清晨，天还没亮，维德就已经来到了火车站，他似乎是下定决心要去往远方。他依然处于混沌的状态，依然没有放弃他的梦。这梦闪耀着灼灼光华，依然在残酷的现实中盛放。

哦！太羞辱人了！昨晚，他和往常一样，又梦到了她。直到抵达火车站时，他才神智清醒地打量了一下周围。天已经大亮了，她今晚还会等着他吗？"今夜"是多么悠久啊，被扼杀在了摇篮中。而且，他完全没有感觉，可是最起码，他已经不害怕想到她了。他没有一点儿离别的感伤，没有不舍离开的情绪，也没有酸楚的感觉，只是口里觉得有股腐烂的味道。他就像个异乡客一样不带任何情绪地离开了这个枯燥的家乡。

随着门的打开，门的框框里出现一个火车站站员的脸。因此，你不久就要离开这里了。维德看着窗上告诉乘客如何走到月台的路线，而且问了一些异国他乡的城市。

"第二等？"

"嗯！第二等！"他答道，他不清楚自己的想法，可是依然不想和熟人碰面。在这样一个清晨，谁问候他，他都会感到不乐意。他要坚定不移地相信，他是不带任何附加的处罚离开的。基于这种精神的指引，他说："第三等！"

他走到车厢里面，发现一位和蔼的人坐到第一排凳子上。他告诉自己："一个和蔼的人，这就是我的邻居了。"可是当他准备把行李放到座位旁边时，那位矮个儿先生说："稍等，先生，我的腿还没拿出来。"可是这时，他无心多问，只是面无表情地另外找地方放了行李。他膝盖朝外坐了下来，免得碰到那位邻居。那位个子矮小的人瞟了他一眼说："先生，你不要那么介意我的膝盖。你打它们，它们也没有感觉。"之后他拉开了毯子。看啊，他根本没有腿，"在军医院里，我被截肢了。"他说明着这一切，脸上写满了兴奋和自豪。之后，他开始跟维德说他痛苦的过往："没有人会相信我曾经所遭受的磨难。"他的声音在空中回荡。维德不禁想到："我受的苦和他相比，确实不值一提。"结束时，他说："我叫布哥索，兰德·布哥索。我来自于赫德林，按照我们的说法叫理那。我是共济社的一员。"在把这些信息说完以后，那人不再说话了。

蒸汽机已经开始工作了，前一晚没睡好的维德不自觉地开始犯困。突然，他被邻座拍醒了。"你看！"那位被截肢的人嘶嘶地说，"好漂亮的花束啊，你看站在二等车厢外的那位尊贵的女士！她肯定特别爱那个男人才会买这么贵的花。看！她开始哭了。可是如果那位男士没来，他就太晚了。火车已经开始发动了——可是，等等，她走到我们这边来了。啊呀！我差不多已经闻到花香了，还可以看到里面有百合花——天！耶稣基督，真是个可怜人。看！她走到第三等车厢了，她肯定已经知道她找不到她认识的人了，她的眼泪扑簌扑簌往下掉。"

一开始，维德焦躁地听着那人絮叨。最后，在违背他本人意愿的情况下，他看向了外面。远处昏暗的大厅中，站着一位身形窈窕的女士，手里还捧着一束花，她正在掩面哭泣，肩膀有节奏地抖动着。看到此情此景，他的同情心又被激发出来了："我——不——不——我不可能会发生这种情况——没有人会给我送捧花，不，哦，不！假如人们知道我要走，送我一把荆棘的可能性还要大一些。"在脑海里闪过这个想法以后，他回过头，不再看向外面。

"上车！"车长忽然大叫了一声。窗户讥笑地回答："最后的时间！"声音在空中回荡。车厢门关了，有片刻的安静。"好了。"汽笛声响起——这时，他身后的车厢门忽然又开了，一阵阵花香飘过来——可是只是一小会儿。"小姐，不可能！"那位共济社社员对着那位满心失望的背影说。"你要找的人肯定不会在第三等车厢，可是如果你不赶紧下车，你也要跟着我们一起走了——你没听到列车工作人员们都在议论纷纷吗？可是这是他们的义务所在，因为只要说出了'好了'，火车就会启动了。不管你社会地位高还是低，都由不得你了。"

火车机械师再次吹响了命令的口哨，之后，火车开动了。好了，维德的心也放了下来。"希望我们永远不要再见面！"他向自己承诺说。而且，他的眼光从快速退后的车站廊柱扫过——可是，等等！等等！那捧着花跑回车站的不是石女士吗？最起码，她走路的样子就是那样的呀！可是她为什么不回头？——"请大家把车票拿出来！"——"车票！请！"车长朝维德命令道。等他解决了这件棘手的事以后，车站已经看不到踪影了。所有的街道开始出现在火车两旁。"现在，维德，你不是要说再见吗？"那些房子靠近他时问道。

"不！"他毫不迟疑地回答道，"请帮帮我：让我们不要再出现像连续剧一样不真实的结局！你们屋顶上快乐跳跃的猴子、你们树上喜欢嘲笑人的鸟，你们以为我看不到吗？"可是慢慢地，一切都变得清晰起来。田庄、农舍、花园、鳞次栉比的树木，都一一掠过。最后，车厢里开始变亮。

维德的神智直到此时才彻底恢复过来，而回忆也随之苏醒，新仇旧恨也一并向他袭来！"你们赢了，你们高兴吧！我溃不成军，被羞辱重重包围，只有逃离。可是，是什么打败了我呢？是现实吗？是团体吗？是一颗麻木的心吗？"他的仇恨越聚越多，越来越愤怒，希望诅咒的对象赶紧出现。

这时，他被一个声音击倒了，这是来自于"坚信仕女"的声音。

"你揣着什么秘密，要将之一起带走？"声音问。

"一本只有我自己知道的手记。"

"手记中记录着谁？"

"记录着你，'坚信仕女'。"

"这本证言你是什么时候写下来的？"

"在我抵达这可恶之城的第一天晚上，我开始动笔写的。昨晚，我写下了最后一个字。"

"我在夜晚向你许诺过什么？当你写完最后一个字时？"

"你许诺过我，'我接受这证言'，因为你曾经许诺做我忠贞不贰、坚定不移的证人。'不管难过、热忱、愚昧，我也要做你的证人，我要让你攀到生命的顶峰。人世间的荣誉原本飘忽不定，可是我要披荆斩棘、一往无前，让你千古流芳！'这些话就是你跟我说的。"

"没错，我是曾经跟你说过这些话，可是现在，你这不知好歹的人啊！在你已经实现了你的目标以后，你依然要用诅咒来让你的生命沾染上污点。注意我给你下达的指示：把你灵魂的弦调整一下，欢唱吧！对这城市和这城市中的所有进行欢呼！欢呼发生在你身上的所有哀伤！"

他难过地听从了指示。在如此困难、筋疲力尽的情况下，他把灵魂的竖琴调整了一下，开始欢唱。试着在痛苦中寻找快乐，而且祝福所有东西，包括给他带来过伤害的人和吠过他的狗。

"非常好！"声音说，"看看你听从指示后得到的回报，看！看向上面，看看你的周围。"

看，窗外，车厢旁飞驰着一匹白马，和火车保持着相同的速度，伊玛果坐在上面。不是假的人类的伊玛果——那位被冠以索伊达之名、检察官的太太，而是那位自豪的、真切的、他的伊玛果。她已经恢复了健康，来和他相聚了，头上还戴着幸福的皇冠。"我等你。"她的笑声从窗户传了进来。

维德太讶异了，不由得失声大叫："伊玛果，我的新娘，这个奇迹是如何诞生的？你怎么康复了？太让人高兴了！你的头上还有冠冕呢！"

她的音调里充满了兴奋："在你的难过和痛楚中，我看到了你的忠诚，所以，我的病也好了。我看你无所畏惧地从热情的罪恶池沼中冲出来，所以，我才把冠冕愉快地戴在头上的。"

"对于我无心的混乱，你也谅解了吗？我是不值得爱、愚昧的男人，竟然以为那个人的影像就是你。"

她笑着说："你的愚昧已经被你的眼泪洗涤殆尽了。"这些话说完以后，她在极度的精神振奋中振臂高呼，甚至比火车的隆隆声还大。

"你自己判断吧！"看不见的声音说，"你还继续叫我'坚信仕女'吗？"

维德太感动了，他的灵魂祈求着把他的感谢表达了出来："我生命的神圣仕女啊！你叫'安慰和同情'！我太不幸了，我的生命中之前没有你；而现在，我感到莫大的幸福，因为拥有了你！"

卡尔·施皮特勒作品年表

1845 年　出生于瑞士里斯塔尔一个政府官员家庭。

1863 年　在巴塞尔大学法律系就读。

1864 年　因和父亲起了冲突，离家出走，来到卢塞恩。

1865 年　在苏黎世和海德堡攻读神学。

1871 年　成为牧师，后到圣彼得堡任家庭教师。

1880 年　完成诗集《普罗米修斯和厄庇米修斯》。

1881 年　回到瑞士，任教于伯尔尼一家女子学校，与一位荷兰籍女
　　　　子结婚。

$\frac{1885}{1892}$ 年　任报刊编辑。

1892 年　继承了岳父家的遗产，带着妻子、女儿住进别墅，成为一
　　　　名职业作家。

1896 年　完成叙事诗《叙述曲》。

1898 年　完成中篇小说《康拉德中尉》。

$\frac{1900}{1905}$ 年　完成的代表作《奥林匹斯的春天》，为他赢得了国际性声誉。

1906年　完成诗集《草与铃之歌》、长篇小说《伊玛果》。

1914年　12月发表标题为《我们瑞士人的立场》的演说，严厉抨击德国的战争政策。

1915年　《我们瑞士人的立场》被印成单行本发行，在世界各国产生巨大影响。

1919年　获得诺贝尔文学奖。之后开始改写年轻时写的《普罗米修斯和厄庇米修斯》，并将书名改为"受难者普罗米修斯"。

1924年　12月29日，施皮特勒逝世。